KB036998

사랑학
수업

엮은이 **유혜영**

엮은이 유혜영(柳惠英)은 서울예술대학교 문예창작과를 졸업하고, 경향신문사에서 교열기자를 지냈으며, 여러 출판사에서 편집기획자로 오랫동안 일했다.

《사랑학 수업》은 사랑을 꿈꾸는, 이제 막 사랑을 시작한, 사랑을 하고 있는, 이별로 상처 입은 이들이 문학 작품 속 다양한 사랑의 모습을 통해 사랑의 의미와 가치를 발견할 수 있는 계기가 되지 않을까 하여 17편의 감동적이고 아름다우며 교훈을 얻을 수 있는 세계 유명 작가들의 단편 소설로 엮었다.

지은 책으로는 《소설 인생극장》《꼬마 유령의 놀이터》가 있다. 엮은 책으로는 《별》《루이 브라유》《노인과 바다》《금오신화》《고전문학 스쿨》 등이 있다.

그린이 **정마린**

대학에서 심리학을 전공했으며, 현재 프리랜서 일러스트레이터로 활동하고 있다. 마음속에 흩어져 있는 말들을 풀어내고자 그림을 그리게 되었으며, 마음과 마음이 닿는 그곳에서 오래도록 그리는 것이 꿈이다.

단행본 작업으로는 《내 마음에 두었습니다》《사랑할 때 알아야 할 것들》《참 좋은 당신을 만났습니다》《너에게 하고 싶은 말》 등의 일러스트 작업을 했다.

Theory of love lessons

사랑학
수업

알퐁스 도데 외 지음

유혜영 엮음 · 정마린 그림

시간과공간

언어의 숲을 거닐며
사랑과 이별을 체험해 볼 수 있는
사랑 명단편선

대학가에 사랑학 강의가 큰 화제라지요? 어느 대학에서는 강의 개설 이후 매 학기마다 수강 신청 1위, 강의 평가 1위를 기록하며 졸업 전 반드시 들어야 하는 수업으로 큰 인기를 끌고 있다고 합니다. 하버드 대학교에서 인기를 끌었던 사랑학 강의가 책으로 출간돼 베스트셀러가 되기도 했지요. 사랑도 학문으로 지식으로 강의로 배우는 시대입니다.

사랑!

이 문자가 쓰이기 이전부터 인류는 사랑을 했을 것입니다. 인류가 진화하고 성장해 오면서 삶에서 떼어 놓고 생각할 수 없을 만큼 중요한 주제가 된, 사랑!

단 두 글자인 이 단어를 주제로 한 수많은 명언을 비롯해 소설, 에세이, 연애 지침서, 사랑학 개론, 노래, 회화 등 수없이 많은 글들과 예술 작품이 존재합니다. 심리학자나 철학자들이 불변의 진리처럼 정의 내린 사랑의 의미에 대한 글들도 있습니다만 그 누구도 사랑의 의미를 정의 내리기는 쉽지 않을 것입니다.

《사랑학 수업》은 시대가 바뀌어도 감동을 주는 세계 유명 작가들의 사랑과 이별을 다룬 단편소설들이 진정한 사랑의 의미를 일깨워 주지 않을까 하여 엮어 보았습니다. 인간이 없었다면 사랑은 없었을 테고, 사랑이 없었다면 문학도 색깔이 다양하지 않았을 것입니다. 그렇기에

많은 작가들이 저마다 다른 방식으로 사랑에 대한 묘사를 하고 있지요.

《사랑학 수업》은 사랑과 이별을 주제로 한 세계적인 작가들의 15편의 명작 단편과 감동을 전하는 실화 두 편을 바탕으로 한 소설로 꾸몄습니다.

온전히 내 삶을 바쳐 사랑하는 것이 진정한 사랑인지를 깨우쳐 주는 모파상의 〈의자를 고치는 여인〉, 사랑하는 사람의 결점까지도 포용해야 함을 알려 주는 너새니얼 호손의 〈탄생마크〉, 인생에서 단 한 번밖에 허용되지 않는 첫사랑의 비극을 다룬 알퐁스 도데의 〈거울〉 등을 통해서는 참사랑의 의미를 전하고 있습니다.

사랑의 시작은 신중하게 사랑의 끝은 겸손하게를 일깨우는 투르게네프의 〈밀회〉, 사랑이 끝났음을 받아들일 줄 아는 용기를 전하는 메리 엘리자베스 브래든의 〈차가운 포옹〉, 우연을 운명으로 이어 주는 것은 변함없는 사랑임을 깨우쳐 주는 푸시킨의 〈눈보라〉를 통해서는 이별할 때의 예의와 이별이 닥쳤을 때의 현명한 태도를 일깨우고 있습니다.

또한 실화를 바탕으로 어머니의 사랑을 이야기한 키쇼르의 〈눈먼 딸과 어머니〉, 나눔은 '함께 행복한 것'이라는 이웃 사랑을 담은 캐서린 맨스필드의 〈가든파티〉, 반려 동물과의 소중한 인연을 다룬 안톤 체호프의 〈카슈탄카〉까지 세상에 존재하는 모든 사랑의 유형이 17편의 감동적인 이야기에 담겨 있습니다. 각 단편의 말미에 붙인 해설은 독자들이 쉽게 이해할 수 있도록 소설이 주제로 다룬 사랑과 이별을 아빠가 딸에게 들려주는 사랑학 수업의 구성으로 꾸몄습니다.

문학은 언어의 숲을 거닐며 사랑을, 이별을 체험할 수 있는 공간입니다. 《사랑학 수업》에 실린 17편의 단편소설은 사랑을 꿈꾸는, 사랑을 시작하는, 사랑을 하고 있는 여러분에게 진정한 사랑의 의미를 깨우쳐 줄 것입니다. 또한 사랑과 이별을 거듭하는 여러분에게 사랑하면서 보이지 않던 것들에 눈을 뜨게 해 주고, 이별로 상처 입은 마음을 치유해 줄 것입니다.

제1부

내 사랑의
셰프는 나!

의자 고치는 여인 | 014
사랑은 십자가가 아니다

황금의 신과 사랑의 신 | 036
사랑의 황금 레시피는 진실한 마음+열정

미녀일까, 호랑이일까 | 056
사랑은 때로 잔인한 선택을 요구한다

사랑의 약속 | 070
사랑은 아름다운 약속

별 | 084
삶에서 가장 아름답게 빛나는 별, 사랑

탄생마크 | 106
사랑하는 사람은 조물주가 나만을 위해 빚어 준 최상의 예술품

거울 | 132
인생에서 단 한 번밖에 허용되지 않는 첫사랑

크리스마스 선물 | 142
사랑하는 사람은 세상이 내게 준 선물

제2부

이별까지
사랑이다

밀회 | 162
이별까지 사랑이다

차가운 포옹 | 184
이별은 고요할수록 좋다

눈보라 | 206
우연을 운명으로 이어 주는 것은 변함없는 사랑

시멘트 포대 속의 편지 | 232
인생은 날씨처럼 예측 불가능하다

제3부

세상에서 가장
공평한 기적, 사랑

사랑의 묘약 | 246
사랑은 자동인형이 아니다

B사감과 러브레터 | 262
사랑 받고 싶으면 나를 먼저 사랑하라

가든파티 | 278
나눔은 '함께 행복한 것'

눈먼 딸과 어머니 | 306
사랑 뒤에 가려진 어머니의 희생

카슈탄카 | 322
우리가 선택한 가족, 반려동물

Theory of love lessons

제1부

내 사랑의
셰프는
나!

의자 고치는
여인

기 드
모파상

사냥철이 시작되었음을 알리는 만찬이 베르트랑 후작의
저택에서 열렸다. 초대받은 열한 명의 사냥꾼과 여덟 명
의 귀부인, 그리고 그 지방의 의사는 과일과 꽃으로 장식
된 커다란 식탁에 둘러앉았다.

만찬이 끝나갈 무렵 대화는 삶의 영원한 주제인 사랑
에 이르렀다. 활발하게 오고가던 대화는 두 패로 나뉘면
서 열띤 논쟁으로 이어졌다. 한쪽은 진정한 사랑은 일생
동안 단 한 번밖에 할 수 없다고 주장했고, 다른 한쪽은
일생 동안 열렬한 사랑을 몇 번이고 할 수 있다고 주장했
다. 누군가 평생 단 한 번의 진실한 사랑에 빠졌던 사람
을 예로 들면 다른 누군가는 여러 번 열렬하게 사랑을 했
던 사람의 예를 들며 반박했다.

대체로 남자들이 사랑의 열정은 질병과도 같아서 한

사람에게 여러 번 침범할 수 있다고 주장했다. 그러나 여자들의 주장은 달랐다.

"사랑은, 진정한 사랑은, 그리고 운명적인 사랑은 평생 단 한 번밖에 할 수 없어요. 그 사랑은 벼락과도 같아서 지나가고 나면 마음과 정신은 지치고 황폐해지지요. 또한 사랑은 타오르는 불꽃같아서 그것이 닿는 모든 것은 재가 되어 버리기 때문에 또다시 사랑이 찾아온다고 해도 어떤 감정도, 또 어떤 꿈조차도 다시 싹틀 수가 없답니다."

여러 차례 열렬한 사랑에 빠져 본 경험이 있는 베르트랑 후작은 여자들의 주장에 강하게 반대했다.

"저는 여러분에게 자신 있게 말씀드릴 수 있습니다. 사람은 누구나 온 힘을 다해, 그리고 온 마음을 다 바쳐 몇 번이고 사랑할 수 있습니다. 여러분은 두 번째의 열렬한 사랑이 불가능하다는 증거로 사랑하는 사람을 잃고 자살하는 사람들을 예로 들었습니다. 그러나 만일 그들이 자살을 하는 어리석은 짓을 저지르지 않았다면, 그들이 바보같이 사랑이 다시 싹틀 수 있는 모든 기회를 저버리지 않았다면, 실연의 상처는 언젠가 아물 것입니다. 어느 날 그들에게는 다시 사랑이 찾아올 것이고, 그러면 사랑은 다시 싹틀 것입니다. 사랑하는 사람들은 마치 술꾼과도 같습니다. 술을 마셔 본 사람은 술을 또 마실 것이고, 사랑을 해 본 사람은 또 사랑할 것입니다. 그것은 요컨대 그 사람의 기질에 달린 것입니다."

논쟁이 좀처럼 결론에 이르지 못하자 사람들은 대화에 끼지 않고 조용히 듣고만 있던 의사에게 의견을 물었다. 어느 쪽의 주장에도 동조하지 않았기 때문에 의사는 난처했다. 잠시 망설이던 의사가 입을 열었다.

"후작께서 말씀하셨듯이 저도 사랑의 열정은 그 사람의 기질에 달려 있다고 봅니다."

말을 멈춘 의사는 다시 말문을 열었다.

"제가 겪은 일을 말씀드리지요. 저는 쉰다섯 해 동안 단 한순간도 멈추지 않고 지속된, 그러다 죽어서야 비로소 막을 내린 열정적인 사랑에 관해 알고 있습니다."

후작 부인이 두 손을 가슴에 모으며 떨리는 목소리로 말했다.

"어머, 아름다워라! 감동적인 사랑이에요. 그처럼 열정적이고 깊은 사랑 속에서 쉰다섯 해를 보냈다니 그 남자는 얼마나 행복했을까요?"

알 듯 모를 듯한 미소가 의사의 입가를 스쳤다.

"맞습니다. 쉰다섯 해 동안 열정적인 사랑을 받은 사람은 남자였습니다. 그 사람은 부인께서도 잘 아시는 이 마을의 약사 슈케 씨입니다. 상대 여자 역시 여러분들도 잘 아실 만한 사람입니다. 해마다 이 저택으로 의자를 고치러 오는 노파이지요."

찬탄해 마지않던 이야기의 주인공이 누구인지 소개하자 귀부인들은 흥이 깨진 듯 경멸 어린 표정을 지었다. 사랑은 상류층만의 관심거리이며, 사랑은 세련되고 품위 있는 사람들만이 누릴 수 있는 감정이라고 생각하는 듯했다.

의사는 천천히 말을 이어나갔다.

석 달 전의 일입니다. 나는 연락을 받고 의자 고치는 노파의 낡고 오래된 마차로 달려갔습니다. 마차는 노파에게 집이나 다름없었지요. 여러분도 비쩍 마르고 늙은 말이 끄는 마차를 보신 적이 있을 겁니다. 마차 뒤를 따르는 노파의 친구이자 보호자인 두 마리의 커다란 검정 개도 보셨을 테지요.

　노파는 마차 안에서 죽어 가고 있었습니다. 그녀는 바로 전날 이 마을에 도착했다더군요. 그녀는 이미 와 있던 신부님과 저에게 유언 집행인이 되어 달라고 부탁했습니다. 이어 자기가 왜 이런 유언을 하는지 알려 주려고 지나온 삶을 이야기해 주었지요. 나는 그보다 더 기구하고, 그보다 더 비통한 이야기를 들어 본 적이 없습니다.

　그녀의 아버지와 어머니 모두 의자 고치는 사람이었습니다. 그녀는 평생 단 한 번도 땅 위에 지어진 집에서 살

아 본 적이 없었다더군요. 태어나서부터 지금까지 떠돌이 생활을 했답니다. 이가 들끓는 몸에 누더기를 걸친 더러운 꼴로 말입니다.

이 마을 저 마을로 떠돌던 그녀의 부모가 어느 마을 어귀의 도랑가에 마차를 세우고 길가의 느릅나무 그늘에서 낡은 의자들을 고치고 있을 때, 어린 그녀는 풀밭에서 뒹굴었습니다. 풀을 뜯고 있는 말과 발 위에 주둥이를 올려놓고 잠을 자는 개가 유일한 친구였다더군요.

그녀의 부모는 의자를 고칠 때나 이들에게는 집이었던 마차 안에서나 별로 이야기를 나누지 않았습니다. "의자 고치세요." 소리치며 누가 마을을 한 바퀴 돌 것인가를 정하는데 필요한 몇 마디 외에는 말이지요. 그들은 마주 보거나 나란히 앉아 묵묵히 의자를 고치며 하루를 보냈습니다. 어린 그녀가 너무 멀리 가거나 혹은 마을의 아이들과 어울려 놀려고 하면 아버지는 노한 음성으로 소리쳐 불렀습니다.

"이리 오지 못해! 이 빌어먹을 것아."

이것이 그녀가 듣는 유일한 애정이 담긴 말이었습니다.

그녀가 어느 정도 자라자 부모는 부서진 의자의 밑바닥을 거두어 오라고 시켰습니다. 마을 골목골목을 다니던 그녀는 몇몇 아이들과 낯을 익혔지요. 그러자 이번에는 그 아이들의 부모가 야단을 치며 불러들였습니다.

"어서 들어오지 못하겠니? 왜 거지와 어울려 다녀?"

때로는 어린 녀석들이 그녀에게 돌을 던지기도 했습니다. 마음씨 착한 부인들이 그런 그녀의 손에 몇 푼의 돈을 쥐어 주었습니다. 그녀는 그것을 소중히 간직했지요.

그녀가 열한 살 때의 일이었습니다. 여러 지방을 떠돌다 이 마을에 돌아온 그녀는 묘지 뒤에서 울고 있는 어린 슈케를 우연히 보았습니다. 슈케는 아이들에게 동전 두 개를 빼앗기고 분해서 눈물을 흘리고 있었다더군요. 슈케의 눈물은 그녀에게는 충격이었습니다. 이 불우한 소녀는 좋은 집과 훌륭한 부모 밑에서 자라는 슈케 같은 소년들은 언제나 행복할 거라고 상상해 왔습니다. 부르주아 소년의 눈물은 그녀의 영혼을 뒤흔들어 놓았지요.

소년에게 다가간 그녀가 눈물을 흘리는 이유를 알았을 때, 그녀는 소중하게 간직하고 있던 7수를 그의 손에 쥐어 주었습니다. 소년은 눈물을 닦으며 돈을 받았습니다. 그녀는 미칠 듯이 기뻐서 대담하게도 소년에게 키스를 했습니다. 소년은 돈에 정신이 팔려 그녀가 하는 대로 내버려두었습니다. 자기를 밀어내지도 않고 때리지도 않자 그녀는 다시 키스했습니다. 두 팔 가득히, 마음 가득히 그를 껴안았습니다. 그러고는 달아났지요.

이 애처로운 소녀의 머릿속에서는 도대체 무슨 일이 일어난 것일까요? 소녀가 소년에게 애정을 갖게 된 것은 떠돌이의 재산을 그에게 모두 주어 버렸기 때문이었을까요, 아니면 애정의 첫 키스를 그에게 했기 때문이었을까요. 사랑의 신비로움이란 어린애에게도 마찬가지인가 봅니다.

그날 이후 소녀는 묘지의 어둑한 구석과 소년을 생각하고 또 생각했습니다. 소녀는 소년을 다시 만나리라는 열망을 품고 부모의 돈을 훔치기 시작했습니다. 의자 고친 돈에서, 또는 찬거리를 사는 돈에서 한 푼씩 두 푼씩 떼어 모았습니다.

그녀가 다시 이 마을로 돌아왔을 때 주머니 속에는 2프랑이 들어 있었습니다. 하지만 소녀는 소년과 마주칠 기회가 없었습니다. 소년의 아버지가 경영하는 약국의 창 너머로 말쑥하게 차려입은 소년을 바라볼 수밖에 없었지요. 소년은 약국에 나란히 진열되어 있는 붉은 표본병과 촌충 표본 사이에 서 있었습니다. 짙은 붉은빛과 눈이 부실 듯 반짝이는 크리스털 병에 매혹된 소녀는 소년을 더욱 사랑하게 되었습니다. 아릿한 추억을 가슴에 새긴 채 소녀는 부모를 따라 이 마을을 떠나야 했지요.

다음 해 학교 뒤에서 친구들과 구슬치기를 하는 소년을 만날 수 있었습니다. 소녀는 달려가 소년을 껴안고 격렬하게 키스를 퍼부었습니다. 소년은 무서워 울부짖기 시작했습니다. 그를 달래기 위해 소녀는 돈을 주었습니다. 3프랑 20상팀. 정말 큰돈이지요. 눈을 휘둥그렇게 뜨고 쳐다보던 소년은 돈을 주머니에 집어넣고 그녀가 원하는 만큼 껴안고 키스하도록 내버려두었습니다.

이후 4년 동안 소녀는 차곡차곡 모은 돈을 모두 그의 손에 쏟아 주었습니다. 소년은 돈을 받는 대신 소녀가 마음껏 키스하도록 허락했습니다. 어느 날은 30수, 어느 날

은 2프랑, 또 어느 날은 12수. 돈이 적을 때면 소녀는 괴롭고 창피해 울었습니다. 그해에는 경기가 좋지 못해 돈을 많이 모을 수 없었다고 하더군요.

소녀의 마음속에는 오로지 소년밖에 없었습니다. 소년

역시 소녀가 돌아오기를 초조하게 기다렸습니다. 그러다
가 소녀를 보면 소녀 앞으로 달려갔지요. 그것이 소녀의
마음을 뛰게 했습니다. 어느 날 소녀가 둥글고 큰 은화 5
프랑을 주자 소년은 만족한 웃음을 지었습니다.

그것이 마지막이었습니다. 그 뒤 소년을 볼 수 없었지요. 도시의 중학교에 들어간 것입니다. 소녀는 소년이 고향으로 돌아오는 여름방학 때 부모가 이 마을을 지나가게 하려고 온갖 묘안을 짜 냈습니다. 결국 성공했지만 일년 동안이나 꾀를 쓴 다음에야 이루어진 것이었습니다.

2년 만에 만난 소년은 몰라볼 정도로 변해 있었습니다. 키도 훤칠하게 컸고, 금단추가 달린 제복을 입은 소년의 모습에는 어딘가 범할 수 없는 위엄마저 서려 있었습니다. 길에서 마주친 소년은 소녀를 못 본 척하며 거만하게 지나갔습니다. 소녀는 이틀 동안이나 울었습니다.

그 뒤 마을에서 소년을 만나면 감히 인사도 하지 못하고 스쳐 지나갔지요. 소년 역시 소녀 쪽으로 눈길조차 주지 않았습니다. 그럼에도 소년을 사랑하는 소녀의 마음은 깊어져만 갔습니다. 그녀는 죽어 가면서 내게 이렇게 말하더군요.

"의사 선생님, 그분은 제가 이 세상에서 보았던 유일한 남자입니다. 저는 다른 남자들이 존재한다는 것조차 알지 못했습니다."

세월이 흘러 부모가 모두 세상을 떠나자 그녀는 부모의 직업을 이어받아 의자 고치는 일을 하며 살았습니다. 변한 것이 있다면 그사이 한 마리였던 개가 두 마리로 늘어난 것뿐이었습니다. 감히 맞서 볼 수 없을 만큼 무서운 개들이지요.

어느 해, 그녀는 사랑의 추억이 어린 이 마을로 돌아왔습니다. 먼발치에서나마 사랑하는 사람을 보고 싶어 약국 앞으로 갔지요. 그때 슈케의 팔짱을 끼고 약국에서 나오는 젊은 여자를 보았습니다. 슈케의 부인이었습니다. 슈케는 결혼을 했던 것입니다. 그날 밤, 그녀는 면사무소 광장에 있는 연못에 몸을 던졌습니다. 밤늦게 돌아가던 한 술꾼이 그녀를 건져 내 약국으로 데려갔습니다. 그녀를 모르는 척하며 진찰을 하고 난 슈케는 엄한 목소리로 말했습니다.

"당신 미쳤소? 이런 바보 같은 짓을 하다니!"

그녀를 쾌유시키는 데는 그것으로 충분했습니다. 그가 그녀에게 말을 했으니까요. 그녀는 오랫동안 행복했습니다.

　그녀의 온 생애는 이렇게 흘러갔습니다. 슈케만을 생각하면서 의자를 고쳤지요. 돈을 모으기 위해 굶기까지 했습니다. 해마다 이 마을을 찾은 그녀는 약국 유리창 너머로 사랑하는 사람을 바라보았습니다. 그러다 어느 해부터 슈케의 약국에서 자질구레한 약들을 사는 것이 큰 즐거움이 되었습니다. 그렇게나마 그를 가까이에서 보았고, 그에게 말을 했으며, 또 돈을 주었던 것입니다.

　처음에 말씀드린 바와 같이 그녀는 올봄에 죽었습니다. 그녀는 이 슬프고 안타까운 이야기를 모두 들려준 뒤 평생을 사랑했던 그 사람에게 모아 놓은 돈 전부를 전해 달라는 유언을 남기고 눈을 감았습니다. 그녀가 죽었을 때 적어도 한 번은 그가 자기를 생각해 줄 것이기 때문이라는 말이 마지막 유언이었습니다. 그녀가 모은 돈은 2,327프랑이었습니다. 나는 신부님에게 장례비로 쓰라고 27프랑을 주었고, 2,300프랑은 가지고 왔습니다.

다음 날, 나는 슈케 씨 집으로 갔습니다. 슈케 씨 부부는 마주 앉아 막 점심 식사를 마친 참이었습니다. 혈색이 좋고 뚱뚱한 그들은 약품 냄새를 풍기며 그지없이 행복하고 만족스러운 미소를 짓고 있었습니다. 슈케 씨 부인이 버찌 술을 한 잔 주더군요. 한 모금 마신 나는 그들이 감격에 겨워 눈물을 흘리리라고 확신하면서 떨리는 목소리로 이야기를 시작했습니다.

슈케 씨는 자기가 의자 고치는 여자, 그 떠돌이 품팔이꾼에게 사랑을 받았다는 이야기를 듣고는 불같이 화를 냈습니다. 자기의 명성, 점잖은 사람으로서의 명예, 그에게는 목숨보다 더 값진 품위 있는 그 무엇을 그녀가 훔치기라도 한 것처럼 분개하여 펄펄 뛰었습니다. 그의 부인 역시 마찬가지로 흥분하며 이 말만 되풀이하더군요.

"거지 같은 여자가, 그 거지 같은 여자가, 감히 비렁뱅이 여자가."

슈케 씨는 식탁 주위를 쿵쿵 대며 걷다가 더듬거리며 말했습니다.

"의, 의사 선생님은 이, 이걸 이해할 수 있습니까? 이건 한 남자로서 소름끼치는 일입니다. 그, 그 여자가 살아 있을 때 그런 사실을 알았더라면 경찰에게 체포하라고 해서 감옥에 처넣었을 텐데요. 그랬다면 그 여자는 다시는 세상 밖으로 나오지 못했을 것입니다. 틀림없이."

나는 내 경건한 발걸음이 가져온 결과에 어리둥절해 있었습니다. 나는 무어라고 말해야 할지, 무엇을 해야 할지 몰랐습니다. 그러나 나는 내 임무를 완수해야 했습니다.

"그녀는 평생 모은 2,300프랑을 당신에게 주라고 내게 맡겼습니다. 하지만 그녀의 존재가 당신을 매우 불쾌하게 만든 것 같습니다. 이 돈은 가난한 사람들에게 나눠 주는 것이 좋을 것 같군요."

슈케 씨 부부는 충격을 받은 듯 꼼짝도 하지 못하고 나만 뚫어지게 바라보더군요. 나는 돈을 탁자 위에 꺼내 놓앗습니다. 여러 나라에서 발행한 돈이라 모양과 크기도 제각각이었고, 금화와 동전도 섞여 있었습니다. 참으로 눈물겨운 돈이었지요. 나는 물었습니다.

"어떻게 하시겠습니까?"

부인이 먼저 앞으로 나서더군요.

"그것이 그 여자의 유언이라면, 거절하는 것도 도리는 아닌 것 같군요."

남편 역시 아내 곁으로 다가와 덧붙였습니다.

"어쨌든 그것으로 우리 아이들한테 무언가를 사 줄 수 있겠군요."

나는 냉담한 표정으로 말했습니다.

"좋으실 대로."

"아무튼 주세요. 그 여자가 내게 주라고 당신에게 맡긴 것이니까. 우리가 좋은 일에 쓸 수 있는 방법을 생각해 보지요."

나는 그 돈을 탁자 위에 놓고 나왔습니다.

다음 날 슈케 씨가 불쑥 찾아와서는 말하더군요.

"그, 그 여자에게 마차가 있지 않았습니까? 그것을, 그

마차를 어떻게 하실 생각이십니까?"

"원하신다면 가져가세요."

"잘됐어요, 잘됐어. 그것으로 우리 채소밭에 오두막을 지을까 합니다."

나는 돌아서는 그를 다시 불렀지요.

"그 여자에게는 늙은 말과 두 마리의 개도 있었는데요. 그것들도 원하시면…."

그는 놀라 걸음을 멈추었습니다.

"아, 아녜요. 그것을 어디다 쓰겠어요. 당신 마음대로 처분하세요."

그러고는 웃더군요. 돌아서 가기 전에 악수를 청하는 그의 손을 잡았습니다. 어쩌겠습니까. 한 마을에서 의사와 약사가 원수가 되어서는 안 될 테니까요. 그 개들은 내 집으로 데려왔습니다. 말은 넓은 마당을 갖고 있는 신부님께서 데려갔지요. 마차는 슈케 씨의 오두막으로 사용되고 있습니다. 그리고 슈케 씨는 그 돈으로 철도 채권 다섯 주를 샀다고 자랑하더군요. 지금까지의 이야기가 내가 아는 유일하고 깊은 사랑입니다.

이야기를 끝낸 의사는 입을 굳게 다물었다. 그러자 눈물을 글썽이던 후작 부인이 한숨을 쉬며 말했다.

"진실한 사랑은 여자만이 할 수 있다니까요."

사랑은 십자가가 아니다

딸 한평생 자신의 모든 것을 바친 의자 고치는 여인의 사랑은 아름답지만 가슴 아파요.

의자 고치는 여인이 평생을 바쳐 사랑한 슈케를 만난 것은 11살 때였어. 친구 하나 없이 외롭게 지내다 슈케를 우연히 만난 뒤 애정을 느끼고 그 뒤 죽을 때까지 55년 동안 사랑하는 사람을 위해 자신의 인생을 바쳤지. 인생에는 '총량의 법칙'이 있다고들 해. 살아가면서 느끼는 기쁨과 겪어야 할 슬픔의 양은 정해져 있다는 거야. 사람이 한평생 사랑해야 할 양도 정해져 있다고 해. 사랑도 배터리처럼 용량이 있다는 거지.

의자 고치는 여인은 평생 슈케만을 사랑하고 또 사랑하며 자신에게 주어진 사랑의 총량을 온전히 슈케에게 바쳤어. 의자 고치는 여인이 평생 자신만을 사랑했다는 말에 분노하며 불쾌해하다 그녀가 많은 돈을 자기에게 유산으로 남겼다고 하자 태도를 바꾸는 슈케는 사랑 받을 자격도 없는 남자였는데 말이야. 의자 고치는 여인이 애정을 담아 평생을 모아 온 돈은 가치 없는 남자에게 낭비되고 말았지.

의자 고치는 여인이 평생 꺼지지 않고 타오르는 사랑 하나로 행복했다고 한다면 그 사랑법은 무죄야. 삶의 유일한 행복이었을

아빠   의자 고치는 여인은 평생 꺼지지 않고 타오르는 사랑 하나로 행복했
       을 테지만 그녀의 삶이 행복했다고, 풍요로웠다고 말할 수 있을까?

← ←

테니까. 고단한 세월을 버티게 해 준 힘이었을 테니까. 하지만 의
자 고치는 여인의 사랑을 참된 사랑이라고 말할 수 있을까? 평생
을 구차하게 살아온 그녀의 삶이 위대한 사랑으로 치장될 수 있
을까? 선뜻 고개를 끄덕이지 못하는 이유는 의자 고치는 여인에
게는 자신에 대한 사랑이 결핍되어 있기 때문이야.

사랑은 '받는 것'이 아니라 '주는 것'이라고 하지. 그런데 주는
것이란 의자 고치는 여인처럼 내 삶을 포기하고 희생하는 것이 아
니야. 사랑은 십자가가 아니니까. 의자 고치는 여인처럼 내 삶은
방치하면서 사랑을 십자가처럼 짊어지는 것은 참된 사랑이 아니
야. 의자 고치는 여인은 평생을 의자를 고쳐 주며 살았지만 정작
자신은 어떤 의자의 주인도 되지 못한 허무한 삶을 살고 말았어.

이것저것 재느라, 나의 이익부터 찾느라 주어진 총량의 사랑조
차 채우지 못하는 사람들에 비하면 의자 고치는 여인의 사랑법은
아름답다고 할 수도 있겠지. 하지만 자신의 삶을 송두리째 바치
고도 사랑은커녕 죽어서도 동정이나 연민조차 받지 못한 의자 고
치는 여인의 삶이 행복했다고, 풍요로웠다고 말할 수 있을까?

황금의 신과
사랑의 신

오 헨리

로크월 유레커 비누 회사를 세워 큰돈을 번 앤터니 로크월 영감은 뉴욕 5번가의 땅과 건물을 가장 많이 갖고 있는 백만장자다. 그 앤터니 영감이 서재에서 창밖을 내다보다 코웃음을 쳤다. 오른쪽 옆집에 사는 G. 밴 스카일라이트 서포크 존스의 잘난 척하는 꼬락서니 때문이었다. 존스 영감이 대기하고 있는 자동차를 향해 걸어가다 르네상스 건축 양식을 따른 비누왕의 대저택을 입가에는 비웃음을 띠고 턱은 오만하게 쳐들고 노려보았던 것이다.

"쳇, 고상한 척하기는! 귀족 사교클럽 회원이 뭐 그리 대단하다고!"

왕년의 비누왕은 중얼거렸다.

"노려보긴 뭘 노려봐! 이 오만불손한 귀족 영감탱이야. 이 집을 네덜란드 국기처럼 빨갛고 하얗고 파랗게 칠을 해 볼까? 그래도 저 네덜란드 영감 콧대가 높아지나 봐야지."

히죽 웃고 난 앤터니 영감은 캔자스 대초원을 쩡쩡 울리던 그 우렁찬 목소리로 외쳤다.

"마이크! 아들 녀석에게 나가기 전에 잠깐 들르라고 해."

앤터니 영감이 달려온 하인에게 명령했다.

로크월 청년이 서재로 들어서자 앤터니 영감은 읽고 있던 신문을 옆으로 밀어 놓고 아들을 바라보았다. 앤터니 영감의 불그레하고 큰 얼굴에는 엄격하면서도 애정 어린 표정이 담겨 있었다.

"리처드, 네가 쓰는 비누는 얼마짜리냐?"

리처드는 뜻밖의 질문에 당황했다. 대학을 졸업하고 집에 돌아온 지 여섯 달밖에 되지 않아 아직 아버지의 성격을 파악하지 못한 그는 어리둥절했다.

"60센트…, 그러니까 한 다스에 6달러입니다, 아버지."

"그럼 네가 입고 있는 옷값은?"

"60달러쯤 됩니다."

"너는 신사답구나."

앤터니 영감은 확고한 목소리로 말했다.

"요즘 한 다스에 24달러나 하는 비누를 쓰고, 옷값으로 100달러 이상을 쓰는 젊은이들도 있다고 들었다. 너는 부자 아버지를 두고서도 검소하구나. 하긴 뉴욕 제일 가는 부자인 나도 유레커 비누를 쓰고 있지만 말이다. 그건 내 집 것이기도 하지만 그것이 가장 순수한 비누이기 때문이다. 비누 한 장에 10센트 이상 쓴다는 것은 나쁜 향수와 상표를 사는 거나 다름없다는 걸 알아야 한다. 하지만 너희들 세대, 너 같은 지위와 신분의 젊은이라면 50센트짜리면 적당할 게다. 너도 이제 어엿한 신사가 되었구나. 흔히들 신사를 만드는데 3대가 걸린다고 하지만 절대 그렇지 않다. 비누가 몸의 때를 벗겨 주듯이 인간의 때는 돈이 벗겨 주는 법이거든. 돈이 너를 신사로 만들었단 말이다. 물론 나도 돈 때문에 신사가 된 셈이지. 우리 집 양쪽에 사는 두 늙은 네덜란드 영감들 너도 봤지? 그 늙은이들은 내가 이 집을 사서 사이에 끼어드는 바람에 밤잠도 제대로 못 잘걸. 하지만 따지고 보면 그들이나 나나 다를 게 뭐가 있느냐?"

"돈으로 안 되는 것도 있지요."

로크월 청년이 침울한 표정으로 말했다.

"그런 소리 마라."

앤터니 영감의 목소리가 높아졌다.

"나는 언제나 돈에 돈을 건다. 돈으로 살 수 없는 건 이 세상에 없다. 돈으로 살 수 없는 것이 있을까 하고 백과사전을 Y 항목까지 샅샅이 뒤져 봤다. 돈으로도 안 되는 것이 있다니 다음 주에는 증보판을 찾아봐야겠구나. 나는 모든 것을 적으로 돌리는 한이 있어도 돈의 편에 서겠다. 그래, 어디 돈으로 살 수 없는 것이 있다면 말해 보아라."

"우선, 첫째."

리처드는 마음에 사무치는 것이 있는지 단호한 표정으로 입을 열었다.

"돈이 있다고 해도 상류사회 사교계에 들어갈 자격을

살 수는 없습니다.”

“어허! 그게 안 될까?”

황금의 숭배자 앤터니 영감은 아직 세상의 때가 묻지 않아 순진한 아들을 딱하다는 눈길로 바라보며 말을 이었다.

“모피를 팔아 미국 최고의 갑부가 된 에스터 말이다. 독일에서 푸줏간집 아들로 태어난 그가 대서양을 건너 이 나라에 올 때, 그에게 3등 칸 뱃삯조차 없었더라면 네가 말하는 그 상류사회라는 곳에 애당초 들어가지도 못했을 게다.”

아버지의 말에 리처드는 한숨을 지었다.

“얘야, 내가 너를 부른 것도 그 한숨 때문이란다.”

아들을 바라보는 아버지의 눈길은 다정하기 그지없었다.

“요즘 너 무슨 고민이 있는 거냐? 두 주일 전부터 얼굴이 어둡더구나. 이 아비에게 속 시원히 말해 봐라. 나는 부동산을 제외하고도 24시간 안에 천백만 달러는 만들 자신이 있으니까 말이다. 혹시 병이라도 났느냐?”

“그렇게 틀린 추측은 아니십니다, 아버지. 꽤 비슷하게 맞히셨어요."

"그러냐?"

앤터니 영감의 눈빛이 날카로워졌다.

"그 아가씨 이름이 뭐냐?"

리처드는 고개를 숙인 채 서재를 왔다 갔다 했다.

"왜 청혼을 하지 않느냐? 너라면 어려운 일도 아니지 않느냐? 돈 있겠다, 인물 좋겠다, 게다가 품위까지 갖춘 청년이니 말이다. 물론 손도 깨끗하겠지. 유레커 비누 따윈 쓰지도 않으니까."

"청혼할 기회가 없었습니다."

"기회는 만드는 거다. 공원에 산책하러 간다거나, 마차를 타고 멀리 시골로 나간다거나, 아니면 교회에서 돌아오는 길에 집까지 바래다주거나 하면 되잖니. 기회가 없었다고? 쯧쯧!"

"아버지는 상류사회 사교계라는 물레방아를 잘 모르십니다. 그 아가씨는 물레방아를 돌리는 물의 일부나 마찬가지인 셈이라고요. 그 아가씨의 시간은 1시간, 아니 1분 정도까지도 며칠 전부터 미리 짜여 있다니까요. 아버지,

저는 꼭 그 아가씨와 결혼하고 싶어요. 그녀를 놓치면 이 뉴욕은 제게 암흑의 수렁이나 다름없어요. 그렇다고 편지로 사랑을 고백하는 일은 도저히 못하겠어요."

"쯧쯧! 딱하기도 하다."

앤터니 영감은 혀를 찼다.

"그래, 아버지가 뉴욕에서 둘째가라면 서러울 갑부인데 어린 처녀의 한두 시간을 네 것으로 만들지 못한단 말이냐?"

"오늘내일 미루다 기회를 놓치고 말았어요. 그 아가씨는 모레 유럽으로 떠나요, 아버지. 2년 뒤에나 돌아온답니다. 그녀가 유럽으로 떠나기 전 단둘이 만날 수 있는 시간은 고작 6분, 길어야 8분뿐입니다. 지금 그녀는 리치먼드의 숙모 댁에 머물고 있습니다. 약속도 없이 무작정 그녀를 만나러 그곳에 갈 수는 없습니다. 하지만 내일 저녁 뉴욕에 도착하는 그녀를 마중 나가도 좋다는 허락은 받았습니다. 우리는 마차를 타고 곧장 브로드웨이를 달려 월랙 극장으로 갑니다만 그녀의 어머니가 상류사회 귀부인들과 함께 로비에서 우리를 기다리기로 되어 있습니다. 상황이 이런데 마차를 타고 가는 6분이나 8분 사이에 그녀가 제 사랑 고백에 귀를 기울여 줄 것이라고 생각하세요? 천만에요. 그리고 극장 안에서나 연극이 끝난 뒤에나 무슨 기회가 있겠어요? 전혀 없습니다. 그래요, 아버지. 이거야말로 아버지 돈으로도 풀 수 없는 매듭 중 하나가 아니겠습니까? 인간은 돈으로 단 1분도 살 수 없어요. 만약 그게 가능하다면 부자는 모두 오래 살 수 있을 겁니다. 배가 떠나기 전 랜트리 양에게 청혼할 수 있는 희망은 전혀 없어요."

"알았다, 리처드. 자, 이제 클럽에 가려무나. 어쨌든 병이 아니라니 다행이다. 하지만 가끔 재물의 신에게 인사드리는 걸 잊지는 마라. 너는 돈으로 시간을 살 수 없다고 했겠다? 음, 물론 시간을 포장해서 집까지 배달해 달라고 주문할 수는 없을 테지. 그렇지만 나는 시간이라는 영감이 금광을 찾아다니다 돌부리에 채여서 발꿈치에 심한 상처를 입은 것을 본 적은 있다."

앤터니 영감이 의미심장한 미소를 지으며 말했다.

그날 밤, 상냥하고 정 많고 한숨도 많으며 재산도 많아 남아도는 재산을 주체 못하는 엘렌 고모가 석간신문을 읽고 있는 앤터니 영감을 찾아왔다. 엘렌 고모는 사랑에 빠진 조카 리처드의 고민에 대해 말을 꺼냈다. 앤터니 영감은 신문에서 눈을 떼지 않고 하품을 하며 말했다.

"나도 들었다. 그 애가 모두 이야기하더라. 은행에 있는 내 돈을 마음대로 써도 좋다고 했지. 그랬더니 그 녀석 돈을 우습게 알지 뭐냐? 돈 따위는 아무 소용이 없다나. 뭐라더라. 그래, 사교계의 물레방아는 열 명의 백만장자가 한꺼번에 달려들어도 한 치도 움직일 수 없다더구나."

"그 애 말이 맞아요."

엘렌 고모는 깊은 한숨을 내쉬었다.

"돈의 힘을 너무 과대평가하지 마세요, 오빠. 진정한 사랑에 재산 따위가 무슨 소용이 있겠어요? 사랑이야말로 전능한 것이지요. 리처드가 조금만 빨리 그 얘기를 했더라면 좋았을걸! 그랬더라면 그 아가씨는 우리 리처드를 거절할 수 없었을 텐데. 하지만 너무 늦은 것 같아요. 그 아가씨에게 사랑을 고백할 기회가 없으니까요. 오빠가 가진 재산을 전부 다 쓴다고 해도 아들에게 행복을 안겨 줄 수는 없을 거예요."

다음 날 밤 8시, 엘렌 고모는 좀이 슨 작은 상자에서 고풍스러운 금반지 하나를 꺼내 리처드에게 주었다.

"얘야, 오늘 밤 이걸 끼고 가라. 돌아가신 네 어머니가 준 거란다. 사랑의 행운을 가져다주는 반지라고 하더구나. 네게 사랑하는 사람이 생겼을 때 주라고 하셨단다."

리처드는 공손히 반지를 받아 새끼손가락에 끼워 보았다. 반지는 둘째 마디에서 더 이상 들어가지 않았다. 반지를 뺀 리처드는 조끼 주머니에 집어넣었다. 그러고 나서 전화를 걸어 마차를 불렀다.

8시 32분, 리처드는 뉴욕 그랜드 센트럴 기차역의 왁자지껄한 군중 속에서 랜트리 양을 찾아냈다.

"시간에 맞춰 극장에 도착할 수 있겠지요? 어머니와 다른 분들을 기다리시게 할 수는 없어요."

그녀가 서두르며 말했다.

"윌랙 극장으로 최대한 빨리 가 주십시오."

리처드는 마부에게 믿음직스럽게 말했다. 마차는 42번가에서 브로드웨이로, 이어 불빛이 휘황찬란한 거리를 달렸다. 34번가에 다다랐을 때 리처드는 다급한 목소리로 마부에게 마차를 세우라고 일렀다.

"반지를 떨어뜨렸어요, 랜트리 양."

리처드는 미안해하며 마차에서 내렸다.

"어머니의 유품이라 잃어버리고 싶지 않습니다. 그리 오래 걸리지는 않을 겁니다. 어디 떨어뜨렸는지 알고 있으니까요."

1분도 채 안 돼 반지를 찾은 리처드는 다시 마차에 올라탔다.

그런데 그새 전차 한 대가 마차 바로 앞에 섰다. 마부는 왼쪽으로 빠져나가려고 했다. 그러자 이번에는 커다란 화물차가 앞을 가로막았다. 마부가 재빨리 오른쪽으로 빠져나가려고 했지만 가구도 싣지 않은 가구 운반차가 있어서 뒤로 물러나지 않을 수 없었다. 뒤로 돌아서 빠져나오려던 마부는 서두르다 그만 고삐를 놓치고 말았다. 마부는 짜증난 목소리로 투덜거렸다.

리처드와 랜트리 양이 탄 마차는 차들과 전차 사이에 갇혀 오도 가도 못하는 신세가 돼 버렸다. 순식간에 34번가 교차로에 마차와 차가 뒤섞여 엄청난 혼잡이 빚어졌다. 대도시에서는 가끔 교통이 막히는 경우가 있다. 지금이 바로 그런 경우였다.

"왜 마차가 서 있는 거죠? 이러다가 늦겠어요."

랜트리 양이 초조한 듯이 말했다.

리처드는 마차 밖을 내다보았다. 브로드웨이 6번가와 34번가가 교차하는 넓은 도로가 차와 마차와 말들로 뒤섞여 옴짝달싹할 수 없었다. 그 와중에도 뉴욕의 모든 교통수단이 34번가로 일제히 몰려드는 듯 각 교차로마다 마차와 차들이 전속력으로 달려와 혼잡은 더욱더 심해졌다. 마부들과 운전기사의 고함소리가 점점 더 높아졌다. 이렇듯 심각한 교통체증은 일찍이 볼 수 없었다. 길거리에 늘어선 수많은 구경꾼 중 제일 나이 많은 사람도 뉴욕시에서 이렇게 길이 막힌 적은 본 적이 없었다.

"정말 미안합니다."

리처드가 안절부절못하며 말했다.

"오도 가도 못하게 된 것 같습니다. 한 시간이 지나도 풀릴 것 같지 않은데요. 제 잘못입니다. 제가 반지만 떨어뜨리지 않았어도…."

랜트리 양이 상냥하게 말했다.

"할 수 없죠, 뭐. 괜찮아요. 아마 시시한 연극이었을 거예요. 그 반지 좀 보여 주시겠어요?"

그날 밤 11시, 누군가 앤터니 영감의 방문을 가볍게 노크했다.

"들어와."

붉은색 실내복 차림으로 해적 모험소설을 읽고 있던 앤터니 영감이 소리쳤다.

엘렌 고모였다. 그녀의 모습은 마치 길을 잘못 들어서 지상에 남게 된 백발의 천사 같았다.

"오빠, 두 사람이 약혼을 했대요. 그 아가씨가 우리 리처드와 결혼하기로 약속했답니다. 극장으로 가는 길에 그만 교통이 마비돼서 마차가 빠져나오는데 두 시간이나 걸렸대요. 오빠, 이제 더 이상 돈의 힘을 자랑하지 마세요. 사랑의 행운을 가져다준 것은 돈과는 아무 관계없는 내가 준 반지였다고요. 오빠, 글쎄 리처드가 반지를 떨어뜨려 그걸 주우려고 마차에서 내렸다는군요. 그런데 그

틈에 어마어마한 교통 혼잡이 빚어져 마차에 꼼짝없이 갇혀 버렸다지 뭐예요. 그사이에 리처드는 사랑을 고백했고, 아가씨의 사랑을 차지할 수 있었대요. 진실한 사랑 앞에서 돈 따위는 정말 보잘것없다고요."

"그래그래, 알았다. 그 애가 그토록 원하던 걸 이루었다니 기쁘구나. 내가 그 녀석에게 한 말이 있다. 이 일에 대해서는 돈을 아끼지 않겠으니….'

"오빠, 이 일이 돈과 무슨 관계가 있다고 또 돈타령이세요?"

"엘렌, 지금 해적이 궁지에 빠졌어. 배에 구멍이 뚫려 곧 침몰할 거라고. 이 녀석은 돈의 가치를 잘 알고 있으니까 돈이 바닷속에 고스란히 가라앉도록 내버려두지는 않을 거다. 제발, 이 책을 마저 읽게 나 좀 가만 내버려두려무나."

이 이야기는 사실 여기서 끝을 맺어야 좋을 것이다. 이 이야기를 읽고 있는 독자 여러분만큼이나 나도 진심으로 그렇게 바란다. 그러나 진실을 알기 위해서는 우물 밑바

닥까지 들어가 보지 않으면 안 된다.

다음 날 푸른색 물방울무늬 넥타이를 맨 켈리라는 사람이 앤터니 영감을 찾아왔다.

앤터니 영감이 수표책을 집으며 말했다.

"자네, 썩 잘 해냈더군. 가만있자…, 자네에게 이미 5,000달러를 지불했지?"

"제 돈 300달러를 더 썼습니다. 예상했던 것보다 조금 더 들었거든요. 가구 운반차와 화물차는 5달러에 해결을 봤는데, 전세 마차와 말 두 필이 끄는 마차는 10달러나 줘야 했습니다. 전차 운전기사는 30달러를 요구했고, 짐을 실은 마차 중에는 20달러를 달라는 사람도 있더군요. 누구보다도 순경들이 제일 힘들었어요. 두 사람에게 50달러씩, 나머지는 각각 20달러와 25달러를 지불했으니까요. 그렇지만 로크월 씨, 일이 정말 멋지게 되지 않았습니까? 예행연습 한 번 안 해 보고도 모두들 1초도 어김없이 제시간에 맞춰 와 주었다고요. 두 시간 동안 그곳엔 뱀 한 마리도 기어나갈 수 없었다니까요."

"자, 여기 있네, 켈리. 1,300달러."

앤터니 영감은 신이 나서 떠들어 대는 켈리에게 수표장을 떼 주며 만족스러운 웃음을 지었다.

"자네 수고비 1,000달러에 300달러는 자네 주머니에서 나간 돈이네. 켈리, 자네는 돈을 우습게 여기지 않겠지?"

"제가요? 가난을 만들어 낸 녀석을 두들겨 패 주고 싶은걸요."

켈리가 돌아서 나가려는데 앤터니 영감이 불렀다.

"자네, 혹시 보지 못했나? 길이 막혔을 때 포동포동하게 살찐 벌거벗은 미소년이 화살을 쏘아 대는 걸 말일세."

"아뇨, 못 봤는데요."

켈리가 어리둥절하여 눈을 껌뻑거렸다.

"그 벌거숭이 소년이 거기 있었다면 제가 도착하기 전에 순경들한테 붙잡히지 않았을까요?"

"나도 그 악동이 그곳에 나타났으리라고는 생각하지 않는다네."

앤터니 영감의 얼굴 가득 흡족한 미소가 번졌다.

"켈리, 잘 가게."

사랑의 황금 레시피는 진실한 마음+열정

백만장자인 아버지 앤터니 영감과 아직 세상의 때가 묻지 않은 아들 리처드는 돈에 대해 상반된 가치관을 가지고 있어. 앤터니 영감은 돈이 신사로 만들어 주고, 돈으로 살 수 없는 것은 없으며, 사랑도 차지할 수 있다고 생각하지.

황금을 숭배하며 모든 것을 적으로 돌리는 한이 있어도 돈의 편에 서겠다고 말하는 아버지와 달리 아들은 돈에 대해 순수한 견해를 가지고 있어. 돈으로 살 수 있는 것들은 제한적이며, 특히 단 1분의 시간도 돈으로 살 수 없다고 생각해.

작가 오 헨리는 '황금의 신'에 대한 '사랑의 신'의 승리로 이야기를 끝내지 않았어. 앤터니 영감이 돈으로 인위적인 교통 체증을 일으켜 아들이 사랑하는 여인에게 고백할 시간을 갖게 해 줌으로써 시간은 절대 돈으로 살 수 없다고 생각하는 사람들의 고정관념을 깨뜨리는 절묘한 반전을 보여 주었지.

리처드가 랜트리 양에게 고백할 시간을 갖게 해 준 것이 아버지 앤터니 영감의 돈이었다는 것은 의심할 수 없는 사실이야. 하지만 그 시간에 랜트리 양의 마음을 움직인 것은 리처드의 진심

아빠　리처드의 진심 어린 사랑이 없었다면 랜트리 양의 마음을 움직일
　　　수 없지 않았을까?

어린 사랑이었다는 사실 역시 부인할 수 없어.

　돈으로 행복을 살 수 없다는 격언은 정말 많아. 그렇지만 행복
해지기 위해 필요한 것이 무엇이냐고 물으면 가장 먼저 떠오르는
단어 역시 돈이야. 많은 사람들이 돈은 많은 것을 가능하게 해
주고, 돈만 있으면 원하는 것은 모두 가질 수 있을 것으로 생각
하지.

　하지만 이 세상에는 돈으로 살 수 없는 것들이 분명히 존재해.
밤하늘의 빛나는 별이나 봄날의 아지랑이는 돈으로도 살 수 없잖
아? 또 억만금이 있어도, 온 세상을 쥐고 흔들 막강한 권력을 가
졌어도 살 수 없는 것이 있어. 바로 사랑이야.

　사랑의 레시피에 돈을 포함시키는 사람들도 많은 세상이라 돈
때문에 사랑을 하고 결혼도 하지만 이것은 '진실한 영혼의 결합'
이라고 할 수 없어. 사랑의 황금 레시피는 진실한 마음과 내 사랑
을 굳건히 지키기 위한 열정이란다.

미녀일까, 호랑이일까

프랭크
스톡톤

옛날에 고집이 세고 무자비한 왕이 살았다. 그는 날마다 엉뚱한 상상을 하며 자신과 이야기를 나누었다. 그는 자신의 상상이 마음에 들면 즉시 실행에 옮기며 모든 것을 자기 뜻대로 했다. 그는 왕이었고 막강한 권력을 쥐고 있었다.

왕의 상상이 빚어 낸 것들을 괴상하다고 여기는 사람들도 더러 있었다. 그러나 그들은 감히 입 밖에 내지 못하고 아무도 없는 데서 혼잣말로 중얼거릴 뿐이었다.

왕은 원형경기장을 좋아했다. 경기장은 다른 나라에서는 보통 사람이 굶주린 맹수와 용기를 겨루는 곳으로 쓰였다.

그러나 이 왕은 경기장을 운명적인 심판의 장소로 바꿔 놓았다. 죄 없는 사람에게는 상을 내리는 곳으로, 죄

를 지은 사람에게는 벌을 내리는 곳으로. 가령 어떤 사람
이 죄를 지었는데 그 죄가 왕의 흥미를 끄는 것이면 왕은
나라 안 곳곳에 방을 붙였다.

경기장에서 재판이 벌어지니
백성들은 와서 구경을 하도록 하라!

재판이 벌어지는 날이 되면 수많은 군중이 모여들었
다. 신하들을 거느리고 경기장으로 들어선 왕은 한쪽에
마련된 높은 왕좌에 앉았다. 왕의 맞은편에는 똑같이 생
긴 두 개의 문이 나란히 붙어 있었다.

왕이 신호를 보내면 비밀통로로 이어진 지하감옥에서

끌려 나온 죄수는 두 개의 문 앞으로 곧장 걸어가 이 중 하나를 열어야 한다. 이것은 의무이자 권리였다. 어느 문을 선택할지는 오직 죄수 혼자서 결정해야 했다.

한쪽 문 뒤에는 굶주린 호랑이가 웅크리고 있다. 그 문을 여는 순간, 죄수는 뛰쳐나온 굶주린 호랑이에게 잔인하게 잡아먹히고 만다. 그것이 죄에 대한 벌이었다.

구경을 하던 관중들은 슬픔의 비명을 내지르다 고개를 떨구고 비탄에 잠긴 채 집으로 돌아갔다. 누가 언제 이런 끔찍한 운명과 맞닥뜨리게 될지 아무도 모를 일이었다.

만약 죄수가 다른 쪽 문을 열면 아리따운 여자가 걸어 나왔다. 죄수의 신분에 걸맞은 여자였다. 왕이 손뼉을 치면 사제가 두 사람의 결혼식을 거행했다.

땡그랑 땡그랑 종이 울리고 음악이 울려 퍼졌다. 사람들은 환호성을 내지르며 무죄가 된 남자가 아름다운 신부와 함께 집으로 돌아가는 길에 꽃을 뿌리며 축복해 주었다.

그 남자에게 이미 아내와 가족이 있다고 해도 상관없었다. 그가 다른 여자와 결혼하고 싶어도 소용없는 일이었다.

왕은 이 재판이 공평하고 올바르다고 믿었다. 공평성이라는 측면에서 본다면 틀리지 않은 믿음이었다. 어느 문을 열지는 오로지 죄수의 선택에 달렸으므로. 자신의 선택에 따라 여자든 호랑이든 나오는 것이니까.

잔혹한 죽임이 될지 축복 받는 결혼식이 될지 아무도 결과를 예측할 수 없는 이 재판 방식에 사람들은 날이 갈수록 열광했다.

잔인하고 야만적이기까지 한 왕에게는 딸이 하나 있었다. 공주는 이 나라에서 가장 아름다운 여인이었다. 아버지를 닮아 상상력이 매우 풍부한 공주는 명랑하고 쾌활했다.

왕은 공주를 끔찍이 사랑했다. 아버지만큼이나 열정적이고 제멋대로인 공주가 사랑에 빠졌다. 공주가 사랑하는 남자는 미남인데다 용감했다. 그러나 그는 왕의 노예였다.

공주는 그를 무척 사랑했다. 공주와 노예는 왕의 눈을

피해 남몰래 사랑을 속삭였다. 이 사실은 알게 된 왕은 노발대발하며 노예를 지하감옥에 가두었다.

며칠 뒤 경기장에서의 재판 날짜가 정해졌다. 왕은 물론 온 백성이 재판에 큰 관심을 기울였다. 왕의 딸을 사랑한 죄로 경기장에 끌려 나온 노예는 일찍이 없었기 때문이다.

왕은 신하들에게 가장 사나운 호랑이를 잡아오라는 명령을 내렸다. 또한 가장 아름다운 여인을 찾아오라고 명령했다. 노예가 만약 호랑이에게 갈가리 찢겨 피투성이가 된 채 죽임을 당하지 않는다면 미인 신부를 얻게 되는 것이다.

노예에게 죄가 있다는 것은 모든 사람이 알고 있었다. 공주를 사랑하노라고 노예가 시인했던 것이다. 경기장에서의 재판이 인생 최대의 즐거움인 왕은 이런 사실에 개의치 않았다. 굶주린 호랑이에게 잔인하게 죽임을 당하든지 미녀와 결혼을 하든지 간에 노예를 공주에게서 떼어 버릴 수 있을 테니 이보다 좋은 해결책이 또 어디 있겠는가.

마침내 재판 날이 되었다.

그처럼 많은 사람이 몰려든 적은 일찍이 없었다. 서로 경기장 안으로 들어가려고 밀고 당기고 야단법석이었다. 경기장 안으로 들어가지 못한 사람들은 바깥에서 웅성거리며 결과를 기다렸다.

신하들을 거느리고 나타난 왕이 자리를 잡고 앉았다. 왕이 손가락을 까딱했다. 신호가 떨어진 것이다. 지하감옥에서 끌려 나온 노예가 경기장 안으로 들어섰다. 참으로 늠름하고 잘생긴 청년이었다. 훤칠한 키에 조각을 한 듯 뚜렷한 이목구비는 공주가 사랑에 빠질 만큼 미남이었다.

경기장 안의 군중들은 잘생긴 젊은이의 가혹한 운명에 일제히 탄식했다. 젊은이는 경기장을 가로질러 한가운데 우뚝 섰다. 그는 고개를 돌려 왕에게 절을 했다. 그러나 그의 눈길은 왕의 옆에 앉아 있는 공주에게 붙박여 있었다.

사랑하는 사람이 지하감옥에 갇힌 뒤 공주는 오로지 이날만을 생각했다. 공주는 지금까지 그 누구도 감히 꿈도 꾸지 못할 일을 했다.

두 문의 비밀을 알아낸 것이다. 황금과 왕의 딸로서의 권세를 이용해.

어느 쪽 문에 호랑이가 있는지, 그리고 어느 쪽 문에 여인이 있는지 뿐만 아니라 그 여인이 누구인지도 알아냈다.

그녀는 궁중에서 가장 아름다운 시녀였으며, 공주가 무척이나 싫어하는 여인이었다.

그 시녀는 감히 공주가 사랑하는 사람을 바라보았다. 공주는 그것을 여러 번 목격했다. 자기가 사랑하는 사람이 그녀를 돌아보는 것도 본 것 같았다. 두 사람이 이야기를 나누는 것을 본 적도 있었다. 아무것도 아닌 일일 수 있다. 그러나 누가 알랴!

시녀는 눈이 부시도록 아름답다. 그리고 감히 자기가 사랑하는 사람을 쳐다보았다. 그런 그녀가 굳게 닫힌 저 문 뒤에 서 있는 것이다.

노예의 눈은 아직도 공주에게 붙박여 있었다. 그는 공주의 창백한 얼굴을 살폈다.

'오, 공주는 저 두 문의 비밀을 알고 있어! 어느 쪽 문에 호랑이가 있고 어느 쪽 문에 미녀가 있는지.'

공주가 두 문의 비밀을 알고 있다는 것을 눈치챈 노예는 공주에게서 눈을 떼지 않았다. 그의 두 눈이 간절하게 물었다.

'어느 쪽 문이오?'

공주도 그가 묻고 있다는 것을 알았다. 마치 커다란 소리로 외쳐 물은 것처럼.

공주의 눈빛이 잠시 흔들렸다. 노예는 그런 공주를 애타게 바라보았다.

공주는 곧바로 손을 들어 오른쪽 문을 가리켰다. 공주의 손짓은 그녀의 애인밖에 보지 못했다. 경기장 안 모든 사람의 시선은 노예에게 쏠려 있었다.

젊은이는 몸을 돌렸다. 성큼성큼 경기장을 가로지른 그는 빠른 걸음으로 두 문 앞으로 다가갔다. 모두 두근대는 가슴에 두 손을 얹고 숨을 죽인 채 젊은이의 손끝만 바라보았다. 젊은이는 자신 있는 손짓으로 오른쪽 문을 가리켰다.

자, 이 이야기의 시작은 이제부터다.

문에서 나온 것은 호랑이였을까, 미녀였을까?

이 물음에 대한 답은 결코 쉽지 않다. 인간의 감정은 그렇게 단순하지가 않다. 더구나 사랑 앞에서는.

한 번 생각해 보시라!

공주는 거칠 것 없는 성격에 제멋대로였다. 사랑하는 사람과의 이별을 앞에 둔 그녀의 영혼은 질투와 증오로 불타오르고 있다.

어느 쪽이든 그녀는 사랑하는 사람을 잃게 된다. 다른 여자에게 사랑하는 사람을 내줄 것인가?

공주는 굶주린 호랑이가 날카로운 이빨을 드러낸 채 뛰쳐나오는 소름끼치는 광경을 얼마나 여러 번 상상했는지 모른다. 아가리를 쩍 벌린 호랑이가 떠오르면 공주는 두 손으로 얼굴을 가리고 온몸을 떨었다.

공주는 사랑하는 사람이 다른 쪽 문을 여는 모습도 상상해 보았다. 처녀를 보고 미소를 짓는 그의 기쁨에 찬 얼굴이 떠올랐다. 환호하는 군중과 땡그랑거리는 종소리가 들려왔다.

자신이 멍하니 앉아 있는 동안 사제가 두 사람의 결혼식을 거행하는 광경도 보았다. 그러면 공주는 입술을 깨물며 머리칼을 쥐어뜯었다.

"차라리 그가 죽어 버리는 게 나을 것 같아. 하지만 무시무시한 호랑이…, 비명소리…, 그리고 그 피, 피…."

공주는 결정했다.

여러 날 동안 생각하고 또 생각해 내린 결론이었다. 공주는 그가 물어올 것을 알고 있었다. 그녀는 어떤 대답을 할지 정해 놓았다. 그리하여 공주는 한순간의 지체도 없이 손을 들어 오른쪽 문을 가리켰다.

나는 이 물음을 여러분에게 던진다.

열린 문에서는 무엇이 나왔을까? 호랑이일까, 미녀일까?

사랑은 때로 잔인한 선택을 요구한다

아빠　네가 공주라면 어떤 선택을 했을 것 같아?

살아가다 보면 때로 정답도 없고, 옳고 그름을 따질 수 없는 선택을 해야만 할 때가 있어. 어느 쪽을 선택하든 사랑하는 사람을 잃는 공주는 세상에서 가장 잔인한 선택을 해야만 했지.

사랑하는 사람이 지하감옥에 갇혀 있는 동안 공주는 청년에 대한 사랑과 미녀를 향한 질투로 불타올랐어. 미녀는 왕궁에서 가장 아름답고 매혹적인 시녀였고, 공주가 사랑하는 사람을 몰래 흠모하는 것도 같았지. 공주는 사랑하는 사람을 다른 여인에게 보내느니 차라리 그 사람이 없는 것이 낫다는 생각을 해. 그 순간 호랑이가 소름 끼치는 이빨을 드러낸 채 뛰쳐나오는 광경이 떠올라 온몸을 떨었어.

사랑하는 사람이 다른 쪽 문을 여는 광경도 상상했지. 미녀를 보고 미소 짓는 사랑하는 이의 기쁨에 찬 얼굴, 결혼식을 알리는 종이 울리고 관중들이 환호하며 축복을 보내는 광경이 떠오를 때면 차라리 그가 죽어 버리는 게 나을 것 같아 공주는 입술을 깨물며 머리칼을 쥐어뜯었지.

사랑하는 사람을 영원히 내 사람으로 만들기 위해 죽음으로 내

딸   글쎄요. 어느 쪽을 선택하든 해피엔딩이 아니니 작가가 왕보다 더
      잔인해요!

몰 것인가? 진정한 사랑은 소유하는 것이 아닌 상대의 행복을 바
라는 것이니 사랑하는 사람을 미녀에게 보낼 것인가? 사랑은 이
처럼 때로 잔인한 선택을 요구한단다.

   여러 날 동안 생각하고 또 생각한 공주는 결국 선택을 했고, 노
예는 공주의 선택에 따랐어. 노예는 성큼성큼 오른쪽 문을 향해
걸어가면서 그 문에서 나올 것이 미녀라고 확신했을까, 아니면
호랑이라고 확신했을까?

   만약 공주가 가리킨 오른쪽 문에서 미녀가 나왔다면 노예는 사
랑을 잃고 목숨을 건진 것에 마냥 기쁘기만 했을까? 노예 신분으
로 죽음을 각오하고 공주를 사랑했는데? 공주가 자신과의 사랑을
쉽게 포기해 버렸다는 사실에 절망했을지도 모를 일이지.

   반대로 오른쪽 문에서 호랑이가 나왔다면 노예는 공주를 향한
분노로 치를 떨며 죽어 갔을까? 공주가 자신과의 사랑을 영원히
간직하고 싶어 차라리 내가 죽는 것이 낫다고 생각하는구나, 감
동하며 담담히 죽음을 받아들이지 않았을까? 공주의 선택 못지않
게 노예의 운명도 참 잔인하지?

사랑의
약속

슐라미스
이시 키쇼르

뉴욕 그랜드 센트럴 기차역 안내 창구 위의 커다랗고 둥근 시계는 6시 6분 전을 가리키고 있었다. 이제 막 기차에서 내린 키가 크고 잘생긴 젊은 공군 중위가 보기 좋게 그을린 얼굴을 들어 정확한 시간을 보려는 듯 눈을 가늘게 떴다. 블랜퍼드 중위의 손에는 서머싯 몸의 《인간의 굴레》가 들려 있었다.

그의 가슴이 설렘과 긴장감으로 쿵쾅거리며 뛰기 시작했다. 이제 6분 뒤면 지난 13개월 동안 그의 삶에 특별한 의미로 자리 잡은 여인을 만나게 된다. 한 번도 만난 적은 없다. 그러나 그녀가 보낸 편지들이 그와 함께했다. 그 편지들은 삶과 죽음이 한순간에 엇갈리는 전투에 뛰어든 그에게 큰 힘이 되어 주었다.

안내 창구 주위에는 누군가를 기다리는 사람들로 북적

였다. 블랜퍼드 중위는 가능한 안내 창구에 바싹 다가가 자리를 잡고 섰다. 그의 머릿속에 최악의 전투가 벌어졌던 어느 날이 스쳐 지나갔다. 그날 밤 그의 전투기는 일본군 전투기 편대에 포위당했다. 이를 드러내고 씩 웃는 적군 조종사의 얼굴이 언뜻 보였다.

그는 그녀에게 보내는 편지에 때때로 두려움에 사로잡힌다고 고백한 적이 있다. 이 전투가 있기 불과 며칠 전에 그는 그녀의 답장을 받았다.

물론 두려우실 거예요. 모든 용감한 사람들이 다 그렇듯이요. 다윗 왕이라고 두려움을 몰랐을까요? 두려웠기 때문에 시편 23장을 쓴 것입니다. 언제라도 마음이 약해지시거나 자신에 대해 의심이 들 때면 이 구절을 읽어 주는 내 목소리를 상상해 보세요. '내 비록 죽음의 음침한 골짜기를 지날지라도 당신께서 나와 함께하기에 두렵지 않다네.'

적군 편대에 포위당하는 순간 그의 귓가에 그녀의 목

소리가 메아리치듯 울려 퍼졌다. 그 목소리에 힘을 얻은 그는 멋진 비행 솜씨로 기적처럼 적군의 전투기를 격추시켰다. 이제 그는 그녀의 실제 목소리를 들을 수 있을 것이다.

6시 4분 전. 그의 얼굴이 긴장되었다. 2,500개의 별로 장식된 거대한 아치형 천장 아래로 사람들이 바삐 오갔다. 그때 한 처녀가 그의 곁을 지나갔다. 블랜퍼드 중위는 흠칫했다.

그녀의 옷깃에 붉은 꽃이 꽂혀 있었던 것이다. 그러나 그 꽃은 심홍색 스위트피였다. 블랜퍼드 중위는 손에《인간의 굴레》를 들고 있고, 그녀는 가슴에 붉은 장미를 꽂아 서로를 알아보기로 약속되어 있었다. 방금 지나간 처녀는 너무 어려 보였다. 이제 열여덟 살쯤 되었을까. 그와 편지를 주고받은 홀리스 메이넬 양은 자신이 서른 살이라고 솔직하게 알려 주었다.

"그게 무슨 문제가 됩니까? 나는 서른두 살입니다."

이렇게 답장에 썼지만 사실 그의 나이는 스물아홉이었다.

블랜퍼드 중위는 손에 든《인간의 굴레》를 내려다보았
다. 그는 그 책을 플로리다 훈련소에서 읽었다. 훈련소에
보내진 수백 권의 육군 도서관 책 가운데서 하느님께서
직접 골라 자기 손에 쥐어 준 듯싶은 책이었다.

책 속에는 여자 필체인 듯한 글씨로 여백마다 감상이
빽빽이 적혀 있었다. 그는 평소 책에 낙서하는 습관을 좋
아하지 않았다. 그러나 그 책에 적혀 있는 감상평을 보자
그런 생각이 전혀 들지 않았다. 그는 여성이 그토록 이해
심 많고 섬세하게 남자의 마음을 이해할 수 있다는 것을

결코 믿지 않았었다. 장서표에 적힌 그녀의 이름은 홀리스 메이넬이었다. 그는 뉴욕 시의 전화번호부를 통해 그녀의 주소를 알아냈다. 편지를 보내자 답장이 왔다.

다음 날 그는 군함을 타고 전투가 벌어지는 곳으로 이동했지만 두 사람은 계속해서 편지를 주고받았다. 13개월 동안 그녀는 충실히 답장을 보내 왔다. 꼭 답장이라고만 할 수 없는 것이 그가 보낸 편지를 받지 못했어도 그녀 쪽에서 편지를 보내왔다. 그는 자신이 그녀를 사랑하고 있으며, 그녀 역시 자신을 사랑한다고 믿었다.

그녀는 그러나 사진을 보내 달라는 그의 간절한 청을 끝내 거절했다. 그는 어쩌면 그녀가 자신을 좋아하지 않는 것은 아닐까 생각했다. 그녀는 편지에 다음과 같이 써 보냈다.

만일 나에 대한 당신의 감정이 진실하고 정직하다면 내가 어떻게 생겼는가는 그다지 중요하지 않습니다. 내가 만일 미인이라고 가정해 보세요. 그러면 나는 당신이 단지 아름다운 외모 때문에 나를 좋아한다는 느낌을 떨쳐 버리기 어려울 거예요. 그런 종류의 사랑을 나는 혐오한답니다.

그리고 내가 평범하고 수수하게 생겼다고 가정해 보지요(당신도 내가 이 경우일 가능성이 더 크다는 걸 인정해야 하겠지만요). 그러면 나는 당신이 단지 외롭고 대화 상대가 없기 때문에 나한테 계속 편지를 쓰는 것은 아닐까 하는 의심을 하지 않을 수가 없겠지요.

절대 안 돼요. 내 사진을 보내 달라고 부탁하지 마세요. 당신이 뉴욕에 오면 언제든지 나를 만날 수 있어요. 당신은 그때 결정을 내리시면 됩니다. 기억하세요. 우리 둘 다 거기서 끝을 낼지, 아니면 만남을 계속 이어 갈지, 선택은 자유라는 것을. 우리가 어떤 것을 선택하든지….

6시 1분 전. 손에 쥔 책을 펼쳐 여기저기 들여다보던 그가 고개를 들었을 때 그의 얼굴은 기쁨으로 넘쳐흘렀다. 한 아리따운 여인이 그를 향해 사뿐사뿐 걸어오고 있었던 것이다.

그녀는 키가 크고 늘씬했다. 섬세하게 생긴 귀 너머로 금발머리가 물결치듯 흘러내리고 있었다. 두 눈은 바다처럼 푸른색이고, 입술과 턱은 부드러우면서도 윤곽이 또렷했다. 옅은 녹색으로 성장을 한 그 여인은 마치 봄의 여신이 지상에 내려온 것만 같았다.

그녀가 장미꽃을 꽂고 있지 않다는 사실도 까맣게 잊은 채, 그는 그녀를 향해 발걸음을 옮겼다. 그가 다가가자 그녀의 입가에 보일락 말락 장난스런 웃음이 떠올랐다.

"저와 함께 가시겠어요, 군인 아저씨?"

그 여인은 나직하게 속삭였다.

여인의 매력적인 모습에 홀린 블랜퍼드 중위는 그녀를 향해 한 걸음 더 가까이 다가갔다. 바로 그때, 그는 홀리스 메이넬 양을 발견했다. 메이넬 양은 그 처녀 바로 뒤에 서 있었다. 얼핏 보기에도 마흔 살은 넘어 보였다. 낡은 모자 아래로 잿빛 머리카락이 언뜻언뜻 보였다. 그녀는 무척 뚱뚱했다. 치마 밑으로 드러난 종아리는 투실투실했고 두툼한 발에 굽 낮은 구두를 신고 있었다. 하지만

그녀의 구겨진 갈색 코트 옷깃에는 붉은색 장미 한 송이
가 꽂혀 있었다.

녹색 옷을 입은 아름다운 처녀는 재빨리 스쳐 지나갔
다. 처녀를 따라가고 싶은 욕망이 너무나도 강렬해 블랜
퍼드 중위는 갈등했다.

반면 진심으로 그의 영혼과 함께하고 그를 격려해 준
홀리스 메이넬 양을 만나고 싶은 바람도 마찬가지로 컸

다. 그리고 지금 이곳에 그녀가 서 있다. 창백하지만 포동포동한 그녀의 얼굴은 다정하고 현명해 보였다. 반짝이는 회색 눈은 따뜻하고 인정이 넘쳐흘렀다.

블랜퍼드 중위는 망설이지 않았다. 그는 파란색 가죽 표지로 된 작고 낡은 《인간의 굴레》를 힘껏 움켜쥐며 생각했다.

'그래, 이것은 사랑이 아닐지 몰라. 하지만 사랑보다 더 소중하고, 어쩌면 사랑보다 더 귀한 것일지도 모르지. 감사히 여겨야 할 아름다운 우정 같은 것 말이야.'

블랜퍼드 중위는 넓은 어깨를 펴고 손을 들어 군대식으로 인사를 한 다음 중년 여성을 향해 다가갔다. 실망감으로 목이 뻣뻣해지는 듯한 느낌을 받았음에도 그는 미소를 지으며 《인간의 굴레》를 내밀며 말했다.

"저는 존 블랜퍼드 중위입니다. 당신은 메이넬 양이시지요? 당신을 만나게 되어 기쁩니다. 제가 저녁 식사에 초대하고 싶은데 같이 가 주시겠어요?"

중년 여인은 얼굴 가득 너그러운 미소를 지으며 말했다.

"도대체 어찌된 영문인지 모르겠군요. 방금 지나간 녹

색 옷을 입은 처녀가 나더러 옷깃에 이 장미꽃을 꽂고 있어 달라고 부탁했어요. 그러고는 만일 당신이 나에게 함께 가자고 요청하면 그녀가 길 건너편 큰 레스토랑에서 당신을 기다리고 있겠노라고 전해 달라고 하더군요. 일종의 시험이라고 하면서 말예요. 나도 두 아들을 군대에 보냈어요. 그래서 기꺼이 이 일을 맡았답니다."

사랑은 아름다운 약속

> 딸 블랜퍼드 중위가 겉모습만 보고 약속을 지키지 않았다면 자신의 부
> 끄러운 행동에 평생을 후회했을 거예요.

삶과 죽음이 한순간에 엇갈리는 전투에 나서야 하는 블랜퍼드 중
위에게 홀리스 메이넬의 편지는 큰 힘이 되어 주었지. 13개월 동
안 편지를 주고받으며 블랜퍼드는 자신이 그녀를 사랑하고 있으
며, 그녀 역시 자신을 사랑하고 있다고 믿어. 두 사람이 만나기로
약속한 뉴욕 그랜드 센트럴역에서 블랜퍼드는 진심으로 그의 영
혼과 함께하고 그를 격려해 준 메이넬과의 약속을 지켰어. 만일
블랜퍼드가 겉모습만 보고 약속을 지키지 않았다면 봄의 여신처
럼 아름다운 메이넬과의 사랑은 이루지 못했겠지?

우리는 살아가면서 참 많은 약속을 해. 그만큼 또 가벼이 여기
기도 하지. 자신의 이익에 따라 또는 상황에 따라서 말이야. 약속
에는 실천이라는 행동이 반드시 요구된다는 것을 명심하고 지킬
수 없는 약속은 하지 말아야 한단다.

약속의 소중함에 관해 생각해 볼 만한 '미생지신(尾生之信)'이라
는 고사가 있어. 중국 춘추시대 노나라에 미생이라는 순박한 청
년이 살았어. 그는 신의와 약속을 생명처럼 중하게 여기는 사람
이었지. 어느 날 미생은 사랑하는 여자와 다리 아래에서 만나기

아빠 　사랑은 믿음을 바탕으로 상대에게 충실하겠다는 아름다운 약속
　　　이란다.

로 약속하고 일찌감치 나갔어. 공교롭게도 갑자기 비가 쏟아지기
시작했지. 쏟아지는 장대비에 개울물은 점점 불어나 종아리가 잠
기더니 곧 무릎까지 차올랐고, 급기야 허리까지 물에 잠겼는데도
미생은 여인이 나타나기만을 기다렸어. 다리 기둥을 안고 버티었
으나 물은 걷잡을 수 없을 정도로 불어나 결국 죽고 말았단다.

　고지식하고 융통성 없는 사람을 비유할 때 쓰이는 고사이기도
하지만 사람이 살아가는데 신의와 약속은 목숨처럼 소중한 것이
며, 시대를 초월해 가장 중요한 덕목이라는 것을 깨우쳐 주고자
할 때 곧잘 인용되는 고사야. 사소한 약속이라도 잘 지키는 것은
상대의 인격을 존중하는 것이며, 작은 약속이라도 귀하게 여기는
것에서부터 믿음은 쌓인단다.

　약속은 살아가면서 반드시 지켜야 할 최고의 덕목이지만 사랑
하는 사람과의 약속은 더욱 소중하게 여겨야 해. 그 사람을 사랑
하기로 선택했다는 것은 상대에게 충실하겠다는 아름다운 약속
이니까. 서로 약속을 지키기 위해 노력하며 어기지 않는 한 그 사
랑은 영원하니까.

별

알퐁스
도데

뤼브롱 산에서 양치기를 하던 때의 이야기입니다. 나는 산속에서 양을 치며 홀로 지냈습니다. 몇 주일씩이나 사람이라고는 그림자조차 구경하지 못했지요. 양 떼와 검은 양치기 개 라브리만이 나의 말상대였습니다.

이따금 몽드뤼르의 약초 캐는 사람들이 지나가기도 하고, 숯을 만들 나무를 찾아 피에몽에서 온 숯 굽는 사람의 거무튀튀한 얼굴이 눈에 띄기도 했습니다. 하지만 사람들과 떨어져 외롭게 살아온 그들은 누가 먼저 말을 걸기 전에는 좀처럼 입을 열지 않았습니다. 더구나 세상 돌아가는 것은 물론 산 아랫마을에서 일어나는 일에 대해서는 나보다도 아는 것이 없었지요.

나는 보름마다 식량을 가져다주는 미아로의 명랑한 얼굴이나 노라드 아주머니의 붉은 모자가 언덕 위로 모습을 드러낼 때면 뛸 듯이 기뻐 라브리의 목을 꼭 끌어안았습니다. 내가 먹을 보름치 식량을 싣고 오는 노새의 방울 소리가 산 중턱에서부터 들려오면 내 마음은 들뜨기 시작했습니다.

나는 식량을 내리면서 아랫마을에서 일어난 일을 물었습니다. 그들은 누가 영세를 받았는지, 또 누가 결혼을 했는지를 말해 주었지요. 그러나 무엇보다도 궁금한 것은 스테파네트 아가씨에 대한 소식이었습니다. 주인댁 따님인 스테파네트 아가씨처럼 아름다운 사람은 본 적이 없었으니까요.

아가씨를 마음에 두고 있다는 사실을 들키고 싶지 않았던 나는 그다지 흥미 없는 척하며 아가씨가 파티에 자주 초대를 받는지, 야외 나들이를 하는지, 아가씨의 마음을 사로잡기 위해 잘생긴 젊은이들이 찾아오지는 않는지 넌지시 물었습니다.

"산속에 사는 가난한 양치기 주제에 그런 것은 알아서 뭣하려나?"

누군가 내게 이렇게 물었다면, 나는 그때나 지금이나

이렇게 대답할 것입니다.

그때 내 나이 스무 살이었다고. 스테파네트 아가씨는 그때까지 내가 봤던 사람들 가운데 가장 아름다운 사람이었다고.

어느 일요일이었습니다. 그날은 보름치 식량이 오기로 한 날이었습니다. 그러나 오후 늦게까지 꼬마 미아로도 노라드 아주머니도 나타나지 않았습니다. 나는 라브리의 목덜미를 어루만지며 눈이 빠지게 언덕 아래만 지켜보고 있었습니다.

'대미사 때문에 늦는 걸 거야.'

아침나절에는 이렇게 생각했지요.

정오가 되자 갑자기 하늘이 어두컴컴해지더니 세찬 소나기가 퍼부었습니다.

'소나기 때문에 길이 좋지 않아서 노새가 출발하지 못하는 모양이군.'

나는 먹구름으로 뒤덮인 하늘을 바라보며 초조한 마음을 달랬습니다.

3시쯤 되자 하늘은 말끔히 개었습니다. 비에 흠뻑 젖

은 온 산이 햇빛으로 눈부시게 빛났습니다. 똑똑 나뭇잎에서 떨어지는 물방울 소리와 불어난 골짜기에서 넘쳐흐르는 물소리 사이로 부활절 종소리만큼이나 맑고 경쾌한 노새의 방울 소리가 들려왔습니다. 놀랍게도 노새를 타고 나타난 사람은 꼬마 미아로도, 노라드 아주머니도 아니었습니다.

그렇다면 누구였을까요?

바로 내가 세상에서 제일 사랑하는 스테파네트 아가씨였습니다. 아가씨가 버들고리를 실은 노새를 타고 나를 위해 이 산골짜기까지 찾아와 준 것입니다.

산의 맑은 기운과 소나기가 내린 뒤에 불어온 산바람 때문인지 아가씨의 뺨은 장밋빛으로 물들어 있었습니다. 숲의 요정이 나타난 것만 같아 나는 정신이 아찔했지요. 아름다운 자태에 눈이 부셔 나는 아가씨를 똑바로 쳐다볼 수 없었습니다. 스테파네트 아가씨의 등장으로 온 산이 환해지는 듯했습니다.

아가씨는 노새에서 내려서며 꼬마 미아로는 앓아누웠고, 노라드 아주머니는 휴가를 얻어 아이들을 보러 갔다고 하더군요. 그러고는 종달새 같은 목소리로 이렇게 말했습니다.

"많이 기다렸지요? 도중에 그만 길을 잃었지 뭐예요."

그러나 내 눈에는 머리에 꽂은 꽃 리본이며, 화려한 레이스가 달린 치마를 차려입은 모습이 숲속에서 길을 헤맨 사람이라기보다는 무도회에서 춤을 추다가 늦은 것처럼 보일 정도로 아름다웠습니다.

스테파네트 아가씨의 아름다운 모습은 아무리 바라보아도 싫증이 나지 않을 것 같았습니다. 그때까지 이렇게 가까이서 아가씨를 본 적이 없었던 나는 그만 넋을 잃은 사람처럼 멍하니 서 있었습니다.

나는 겨울이 되면 눈이 쌓이기 전에 양 떼를 몰고 산을

내려가 마을에서 지냈습니다. 저녁을 먹기 위해 농장의 주인집으로 갈 때면 아가씨가 마당을 가로질러 가는 모습을 먼발치에서 보기는 했습니다.

아가씨가 하인들에게 말을 거는 일은 좀처럼 없었습니다. 하지만 늘 상냥한 얼굴에 미소가 떠나지 않는 아가씨를 하인들은 모두 좋아했습니다.

그런 아가씨가 지금 바로 내 눈앞에 있는 것입니다. 오직 나 하나만을 위해 이 산골짜기까지 온 것입니다. 그러니 내가 어떻게 온전한 정신으로 있을 수 있었겠습니까?

내가 버들고리에서 채 식량을 끌어 내리기도 전에 스테파네트 아가씨는 신기한 듯 사방을 두리번거렸습니다. 아름다운 나들이옷이 더러워질세라 치맛자락을 살짝 들어 올릴 때마다 작고 귀여운 발이 내 눈을 사로잡았습니다.

양을 몰아넣는 울타리 안으로 들어간 아가씨는 내가 자는 구석 자리에 깔린 양털 모피, 벽에 걸린 커다란 모자가 달린 외투, 채찍, 그리고 구식 엽총 따위를 보며 신기한 듯 이것저것 물었습니다. 이 모든 것이 아가씨에게 신기하기만 한 듯했습니다.

"여기가 목동님이 사시는 곳이군요? 가엾어라. 밤낮 이렇게 혼자 지내려면 얼마나 쓸쓸할까…. 무얼 하며 지내세요? 무슨 생각을 하며 시간을 보내시죠?"

'아가씨 생각을 하며….'

이렇게 대답하고 싶었습니다. 사실 그렇게 대답한대도 거짓은 아니었으니까요.

그러나 얼굴만 붉힌 채 아무 말도 하지 못했습니다. 내가 안절부절못하는 꼴을 보고서도 아가씨는 더욱 짓궂은 질문을 던졌습니다.

"마음씨 고운 여자 친구라도 가끔 찾아오나요? 여자 친구가 이곳에 오면 산봉우리를 뛰어다니는 숲의 요정 에스테렐 같겠어요."

아가씨는 정신이 아찔할 정도로 예쁜 미소를 지으며 말했습니다.

"잘 있어요, 목동님."

홀연히 모습을 드러냈다가 금세 떠나 버리는 아가씨야말로 내게는 영락없이 요정 에스테렐 같았습니다. 나는 서운한 마음을 애써 감추고 고개를 숙여 인사했습니다.

"안녕히 가세요, 아가씨."

스테파네트 아가씨는 빈 버들고리를 노새 등에 싣고 떠났습니다. 나는 비탈진 산길을 따라 내려가는 아가씨의 뒷모습을 오래도록 지켜보았습니다. 아가씨의 모습이 완전히 사라지는 순간, 노새의 발굽에 채어 구르던 돌멩이가 내 심장 위로 쿵 하고 떨어지는 것만 같았습니다.

나는 아가씨가 내 앞에 나타났던 일이 꿈만 같았기에 그 꿈에서 깨고 싶지 않아 꼼짝도 하지 않은 채 석양이 질 무렵까지 그대로 앉아 있었습니다. 온 산을 황금빛으로 물들이던 노을이 산 너머로 지면서 골짜기는 점점 푸른빛을 띠기 시작했습니다. 양들은 '매애' 울면서 서로 몸을 밀치며 울안으로 들어가고 있었습니다.

그때였습니다. 비탈진 산길 아래에서 나를 부르는 소리가 들리는 것 같았습니다. 곧이어 산 그림자가 드리워져 어둑어둑해진 언덕 위로 아가씨가 나타났습니다.

조금 전의 명랑하던 모습은 온데간데없었습니다. 물에 흠뻑 젖은 아가씨는 추위와 공포로 덜덜 떨고 있었습니다. 언덕을 내려간 아가씨는 소나기로 불어난 소르그 강을 건너려다 그만 물에 빠지고 말았다더군요.

이제 날은 저물어 아가씨 혼자서는 어두운 산길을 노새를 타고 집으로 돌아갈 수는 없었습니다. 목동들이 다니는 지름길이 있기는 했습니다. 하지만 그 길은 험하기 때문에 아가씨 혼자서는 도저히 갈 수 없는 길이었습니다. 그렇다고 내가 양 떼를 버려두고 아가씨를 집에 모셔다 줄 수도 없는 노릇이었습니다.

아가씨는 이제 꼼짝없이 산에서 밤을 새워야 했습니다. 집을 떠나 난생처음으로 산에서 밤을 새워야 한다는 걱정과 가족들이 근심할 생각에 아가씨는 무척 괴로워했습니다. 나로서는 아가씨를 안심시키기 위해 힘닿는 대로 위로해 줄 수밖에 달리 할 수 있는 일이 없었습니다.

"7월이라 밤이 아주 짧아 아침이 금방 온답니다. 아가씨, 조금만 참고 기다리시면 됩니다."

나는 아가씨의 흠뻑 젖은 발과 옷을 말리기 위해 서둘러 모닥불을 피웠습니다. 그리고 치즈와 새로 짠 양젖을 컵에 가득 담아 아가씨 앞에 놓아 주었습니다.

가엾은 아가씨는 활활 타오르는 모닥불만 바라보았습

니다. 불을 쬘 생각도, 무엇을 먹을 생각도 하지 않고서 말입니다. 나는 아가씨의 커다란 두 눈에 구슬 같은 눈물이 그렁그렁 맺혀 있는 것을 보았습니다. 그걸 보는 순간 나도 그만 울고 싶어지더군요.

어느덧 날은 저물어 어두워지기 시작했습니다. 서쪽 능선에 걸쳐져 있던 가느다란 햇살 한줄기만이 엷은 빛을 내뿜고 있을 뿐이었습니다.

나는 아가씨더러 울타리 안에 들어가 쉬라고 했습니다. 새로 깐 짚 더미 위에 아직 한 번도 쓰지 않은 새 양털 모피를 깔아 놓은 뒤 인사를 했습니다.

"아가씨, 안녕히 주무세요."

밖으로 나온 나는 모닥불 앞에 앉았습니다. 아가씨를 향한 내 마음은 모닥불처럼 타올랐습니다. 하지만 신에게 맹세하건대 나쁜 생각은 조금도 하지 않았습니다.

아가씨가 목장 울타리 안의 내 잠자리에 누워 내가 지켜 주는 양 떼들 곁에서, 그 양들 중에서도 가장 순결하고 소중한 양이 되어 편히 쉬고 있다고 생각하니 가슴이 벅차올랐습니다. 지금껏 밤하늘이 그렇게 높고, 별들이 그처럼 찬란하게 보인 적은 한 번도 없었습니다.

잠시 뒤 울타리의 빗장이 열리면서 아름다운 스테파네트 아가씨가 걸어 나왔습니다. 아가씨는 잠을 이룰 수 없는 모양이었습니다. 양들이 뒤척이면서 지푸라기를 버스럭거리기도 하고, 잠결에 꿈을 꾸다 '매' 하고 울어 대기라도 했나 봅니다.

아가씨는 모닥불 쪽으로 다가와 내 옆에 앉았습니다. 양털 모피를 벗어 아가씨 어깨에 덮어 준 나는 모닥불이 더욱 활활 타오르게 했습니다. 나란히 앉은 우리는 아무 말 없이 불꽃을 바라보았습니다.

만약 야외에서 밤을 지새운 적이 있다면 잘 알고 있을 것입니다. 모든 사람이 깊이 잠든 한밤중에는 또 다른 신비한 세계가 고독과 적막 속에서 눈을 뜬다는 사실을 말입니다. 샘물은 더욱 맑은 소리로 노래하고, 연못에서는 조그마한 불꽃들이 요정처럼 날아다니며 반짝이지요. 산의 모든 정령들은 차가운 공기 속을 자유로이 날아다닙니다. 그리고 무언지 알 수 없는 신비로운 소리도 들려옵니다. 아마도 나뭇가지가 자라고 풀잎이 돋아나는 소리

일지도 모릅니다. 환한 대낮에는 잘 들리지 않는 소리들도 밤이 되어 귀를 기울여 가만히 들으면 잘 들리지요.

낮이 살아 있는 것들의 세상이라면 밤은 죽은 것들의 세상입니다. 이러한 세상에 익숙하지 않은 사람들은 밤을 두려워합니다. 스테파네트 아가씨가 바스락거리는 소리에도 소스라치게 놀라며 내게 바싹 다가앉는 것도 그 때문이었습니다. 한 번은 저 아래 연못에서 처량하고 긴 소리가 산등성이를 타고 우리가 앉아 있는 산 쪽으로 메아리쳤습니다.

바로 그 순간 아름다운 별똥별 하나가 우리 머리 위를 스쳐 지나 연못 쪽으로 미끄러지듯 떨어져 내렸습니다. 마치 방금 울려 퍼진 울음소리가 별똥별을 이끌고 사라진 것만 같았습니다.

"저게 뭐예요?"

스테파네트 아가씨가 나지막한 목소리로 물었습니다.

"어떤 아름다운 영혼이 천국으로 들어가는 거랍니다, 아가씨."

나는 대답하며 성호를 그었습니다. 아가씨도 나를 따라 성호를 긋고는 하늘을 올려다보며 한동안 깊은 생각에 잠겼습니다.

잠시 뒤 이렇게 물었습니다.

"그런데 목동님들은 모두 점성술사라면서요? 그게 사실인가요?"

"그렇지 않아요, 아가씨. 우리는 보통 사람들보다 별들과 더 가까이 지내기 때문에 별들의 세계에 대해 조금 더 알 뿐이지요."

아가씨는 양손으로 턱을 괸 채 하늘의 별을 올려다보고 있었습니다. 양털 모피에 감싸인 아가씨의 모습은 하늘에서 내려온 귀여운 목동처럼 보였습니다.

"어머나 많기도 해라! 정말 아름다워요. 이렇게 많은 별은 처음 봐요. 저 수많은 별들도 다들 이름이 있겠죠? 목동님은 저 별들의 이름을 다 알고 있나요?"

"그렇답니다, 아가씨."

눈을 동그랗게 뜬 채 나를 바라보는 아가씨의 사랑스러운 눈길을 차마 마주 볼 수 없어 나는 고개를 돌리며 말을 이었습니다.

"저기 바로 아가씨의 머리 위에서 빛나는 저 많은 별들이 '성 자크의 길'이라는 은하수예요. 프랑스에서 곧장 에스파냐 하늘까지 이어지지요. 용감한 샤를마뉴 대제께서 사라센과 전쟁을 할 때, 갈리스(에스파냐의 옛 지명)의 성 자크가 대왕께 길을 알려 주기 위해 저걸 그려 놓은 거지요."

스테파네트 아가씨는 내가 가리키는 하늘을 바라보며 고개를 끄덕였습니다.

"저 멀리 반짝반짝 빛을 내는 네 개의 별은 '영혼들의 수레'라는 큰곰자리예요. 반짝반짝 빛나는 별 네 개가 마치 수레처럼 보이지요? 그 앞에 있는 별 세 개가 수레를 끄는 세 마리 짐승이랍니다. 맨 앞에 반짝이는 아주 작은 꼬마별이 '마부'이고요, 그 언저리에 비 오듯 쏟아지는 별이 흩어져 있는 것이 보이시죠? 그것들은 하느님께서 당신 나라에 들여놓지 않는 영혼들이랍니다."

나는 별빛에 영롱이는 아가씨의 머리카락을 바라보느라 잠시 말을 잇지 못했습니다. 그러자 아가씨는 사랑스러운 눈빛으로 말을 재촉했습니다.

"저기 저 아래쪽을 보세요. 저게 '쇠스랑' 또는 '삼왕성'이라고 불리는 오리온성좌랍니다. 우리 목동들에게 시계 노릇을 해 주는 별이지요. 그 별만 보아도 나는 지금 시간이 자정을 지났다는 걸 알 수 있답니다.

그보다 조금 아래 남쪽에서 반짝이는 별이 하늘의 횃불이라고 할 수 있는 '장 드 밀랑(시리우스)'이랍니다. 저 별에 관해서는 목동들 사이에 다음과 같은 재미있는 얘기가 전해 오고 있어요.

어느 날 밤, 장 드 밀랑은 삼왕성과 '병아리 장(북두칠성)'들과 함께 친구 별의 결혼식에 초대를 받았대요. '병아리 장'은 남들보다 일찍 서둘러 떠나 맨 먼저 높은 길로 갔지요. 저 위쪽 하늘 한복판을 보세요. 그 '병아리 장'을 삼왕성이 좀 더 아래로 곧장 가로질러 따라갔지요.

그러나 게으름뱅이 장 드 밀랑은 그만 늦잠을 자고 말

앗대요. 친구들이 자기만 남겨 두고 먼저 간 것을 알고는 화가 치밀어 냅다 지팡이를 집어 던졌지요. 삼왕성이 그만 지팡이에 맞고 말았대요. 그래서 삼왕성을 '장 드 밀랑의 지팡이'라고도 부른답니다.

하지만 저 수많은 별 가운데서도 가장 아름다운 별은요, 아가씨. 그건 뭐니 뭐니 해도 역시 우리들의 별, 저 '목동의 별'이랍니다. 우리 목동들이 새벽에 양 떼를 몰고 나갈 때나 저녁에 다시 몰고 돌아올 때, 한결같이 우리를 비추어 주는 별이지요.

우리는 그 별을 '마글론'이라고 부른답니다. 아름다운 마글론은 7년에 한 번씩 '프로방스의 피에르(토성)'의 뒤를 쫓아가서 결혼을 한답니다."

"어머나! 별들도 결혼을 하나요?"

스테파네트 아가씨가 깜짝 놀라 눈을 동그랗게 뜨고 물었습니다.

"그럼요, 아가씨."

내가 별들의 결혼이 어떤 것인지 이야기해 주려고 할 때였습니다.

내 어깨에 서늘하면서 보드라운 무언가가 살포시 와 닿았습니다. 리본과 물결치는 머리카락을 비비며 사랑스러운 아가씨가 가만히 내 어깨에 기대 잠이 든 것이었습니다.

아가씨는 먼동이 훤히 터 올라 별들이 해쓱하게 빛을 잃을 때까지 꼼짝 않고 그대로 내게 머리를 기댄 채 잠들어 있었습니다.

나는 잠든 스테파네트 아가씨의 얼굴을 지켜보며 꼬박 밤을 새웠습니다.

가슴이 설레었습니다. 그러나 내 마음은 오직 아름다운 것만을 생각하게 해 주는 그 맑은 밤하늘의 비호를 받아 어디까지나 성스럽고 순결함을 잃지 않았습니다.

우리 머리 위에서는 헤아릴 수 없이 수많은 별들이 거대한 양 떼처럼 소리 없이 움직이고 있었습니다. 문득 이런 생각이 내 머리를 스쳐 지나갔습니다.

저 수많은 별들 가운데 가장 아름답고 가장 빛나는 별 하나가 그만 길을 잃고 내 어깨 위에 내려앉아 고이 잠들어 있노라고.

삶에서 가장 아름답게 빛나는 별, '사랑'

햇살이 따가운 한낮에도 고개를 돌릴 줄 모르고 태양을 좇는 해
바라기처럼 목동의 마음은 온통 요정같이 아름다운 스테파네트
아가씨에게 향해 있었어. 신분으로 사람을 가르던 19세기 프랑스
에서 지체 높은 주인집 아가씨를 향한 목동의 사랑은 이룰 수 없
는 사랑이었지. 1초에 지구를 7바퀴 반 도는 빛의 속도로 달려도
수백만 년이 지나야 도달할 수 있는 별만큼이나 스테파네트 아가
씨는 목동에게 먼 존재였으니까.

그런데 비에 흠뻑 젖은 온 산이 햇빛으로 눈부시게 빛나던 어
느 일요일, 목동에게 꿈같은 일이 일어나. 세상에서 가장 아름다
운, 세상에서 제일 사랑하는 스테파네트 아가씨가 목동을 위해
보름치 식량을 싣고 나타난 거야. 아가씨는 소나기로 불어난 강
물에 발이 묶여 산에서 밤을 지새워야 했지. 목동은 정성을 다해
잠자리를 마련해 주고 세상에서 가장 소중한 보물을 지키는 심정
으로 모닥불 앞에 앉아 있었어. 밤하늘의 별들도 그런 목동의 순
수한 마음을 눈치챘는지 유난히 찬란한 별빛을 비춰 주었지.

목동은 잠을 이루지 못하고 모닥불 앞으로 다가와 앉은 스테파

아빠   우리 모두가 누군가의 마음속에 단 하나밖에 존재하지 않는 빛
       나는 별이란다.

네트 아가씨에게 은하수며, 오리온성좌, 그리고 수많은 별 가운
데서도 가장 아름다운 별이라며 '목동의 별 마글론'에 대한 이야
기를 들려주지. 아름다운 마글론은 7년에 한 번씩 '프로방스의 피
에르'의 뒤를 쫓아가서 결혼을 한다는 말에 신기해하던 스테파네
트 아가씨는 리본과 물결치는 머리카락을 비비며 가만히 목동의
어깨에 기대 잠이 들어.

　아가씨는 먼동이 훤히 터 올라 별들이 해쓱하게 빛을 잃을 때
까지 꼼짝 않고 그대로 목동에게 머리를 기댄 채 잠이 들었지. 얼
마나 가슴이 뛰었을까? 설레는 마음을 감추고 잠든 스테파네트
아가씨의 얼굴을 바라보며 꼬박 밤을 새운 목동은 생각해.

　'저 수많은 별들 가운데 가장 아름답고 가장 빛나는 별 하나가
그만 길을 잃고 내 어깨 위에 내려앉아 고이 잠들어 있노라고.'

　별 하나가 내 어깨에 내려앉았다면 목동처럼 세상에서 가장 소
중한 보물을 지키는 심정으로 지켜 줘야 해. 그 별은 수많은 별들
중에 단 하나밖에 존재하지 않는 '나의 별'이니까. 삶에서 가장 아
름답게 빛나는 별, '사랑'이니까.

탄생마크

너새니얼
호손

과학자 에일머는 자연 철학의 모든 분야에 탁월한 지식을 쌓은 것으로 유명했다. 17세기 후반이었던 당시에는 자연의 신비를 발견하는 것이 기적의 세계로 가는 통로를 열어 주는 일로 여겨지던 때였다.

열렬히 과학을 숭배하는 몇몇 사람들은 자연의 신비를 터득함으로써 창조의 비밀을 손에 넣을 수 있으리라고 믿어 의심치 않았다. 어쩌면 새로운 세계를 창조해 낼 수도 있을 것이라고까지 믿었다.

에일머가 인간이 자연을 지배할 수도 있다는 확신을 어느 정도 가지고 있었는지는 알지 못한다. 아무튼 그는 과학 연구에 열정적으로 빠져 지냈다. 젊고 아름다운 아내를 향한 사랑 역시 깊고 열정적이었다. 그러나 그 사랑은 과학을 향한 열정과 과학의 힘이 결합되었을 때만 가능한 것이었다. 그러한 결합이 실제로 일어났다. 그것은 진정 주목할 만한 결과와 감명 깊은 교훈을 남겼다.

에일머가 조지아나와 결혼한 지 얼마 안 된 어느 날이었다. 심각한 표정으로 뚫어지게 아내를 바라보던 에일머가 물었다.

"조지아나, 당신 뺨에 있는 그 점을 없앨 수 있다는 생각을 해 본 적 있나?"

"아뇨."

조지아나의 입가에 미소가 떠올랐다 사라졌다. 남편의 표정이 의외로 진지했던 것이다.

"사람들이 이 점이 저의 매력이라고 하던 걸요. 그래서 그저 그런 줄만 알고 별로 신경을 안 썼어요."

조지아나는 눈을 내리깔며 남편의 시선을 피했다.

"다른 사람의 얼굴에 그 점이 있었다면 그럴지도 모르지. 하지만 당신 얼굴에서는 그렇지 않아. 사랑하는 조지아나, 자연의 손이 완벽하게 빚어 놓은 당신 얼굴의 그 조그만 흠이 내게는 지상의 불완전성의 상징처럼 여겨져 충격을 주는군."

"충격을 주다니요!"

마음이 상한 조지아나는 분노로 두 뺨이 빨갛게 달아올랐다.

"그렇담 왜 저와 결혼하셨나요? 충격을 주는 사람을 어떻게 사랑할 수 있죠?"

조지아나는 결국 울음을 터트렸다.

조지아나의 왼쪽 뺨 한가운데에는 속살 깊이 새겨진 이상한 반점이 있다. 반점은 연했다. 건강한 홍조를 띤 얼굴 상태에서는 장밋빛 홍조 때문에 잘 드러나지 않았다. 환희나 분노가 뺨을 붉게 물들이면 반점은 더 불분명해져 거의 눈에 띄지 않았다.

그러나 충격을 받거나 건강 상태가 좋지 않아 얼굴이 창백해지면 반점은 흰 눈 위의 진홍빛 얼룩처럼 선명하게 나타났다. 에일머는 그 선명함이 끔찍하게 여겨졌다.

아주 작은 반점은 사람의 손의 형상과 비슷했다. 조지아나를 사랑하는 사람들은 이렇게 말했다.

"그녀가 태어났을 때 작고 깜찍한 요정이 나타나 모든 사람의 마음을 사로잡는 마력을 부여하기 위해 아기의 빰에 손자국을 남겼나 봐요!"

조지아나의 주위를 맴돌던 수많은 젊은이들은 그 신비로운 손자국에 입맞춤을 할 수 있는 특권을 위해서라면 목숨이라도 바쳤을 것이다.

그러나 요정의 손자국은 보는 사람에 따라 매우 다른 인상을 주었다. 어떤 사람들은 그 손자국을 '핏빛 손'이라고 수군댔다. 그 핏빛 손이 조지아나의 아름다움을 망쳐놓았으며, 심지어 그녀의 얼굴을 끔찍하게 보이게 한다고 주장했다. 대개 여자들이 이렇게 떠들었다.

남자들의 경우는 결점이 전혀 없는 이상적인 아름다움의 살아 있는 표본 하나쯤은 있었으면 하는 생각에 그 반점이 없어지기를 바라는 정도였다. 에일머는 자신이 바로 그런 경우라고 생각했다.

'저 반점만 아니라면 조지아나의 아름다움은 완벽할 텐데….'

에일머는 단 하나의 흠을 마치 낙인과도 같은 치명적인 흠으로 여겼다. 만일 그녀가 덜 아름다웠다면 희미하게 보이다가 어느 순간 사라지고 다시 또 나타나서 어른거리는 손자국 모양의 반점에 애정이 더 깊어지는 것을 느낄 수 있었을지도 모른다.

그러나 에일머는 그 손자국만 아니라면 아내의 아름다움이 완벽할 것이라고 생각했다. 그는 이 단 하나의 흠이 날이 갈수록 견디기 어려워졌다.

에일머에게 그 진홍빛 손자국은 자연이 자신이 창조한 모든 피조물들이 유한한 것임을 알리기 위해 찍어 놓은 영원히 지울 수 없는 표시처럼 보였다. 에일머는 아내의 얼굴에 있는 점을 슬픔이나 죄악, 죽음의 상징으로까지 받아들였다. 에일머의 음울한 상상력은 그 점을 조지아나의 아름다움이 그에게 기쁨을 안겨 주었던 순간보다 더 많은 불안과 공포를 느끼게 하는 끔찍한 것으로 만들어 버렸다.

잠에서 깨면 희끄무레한 새벽 달빛에 드러난 아내의 얼굴을 바라보며 그 불완전의 상징을 확인했다. 저녁 무렵 난롯가에 함께 앉아 있을 때면 그의 눈길은 은밀히 아내의 뺨을 향해 떠돌았다. 일렁이는 난로의 불꽃에 나타났다 사라지는 그 끔찍한 요정의 손자국을, 마치 죽음의 운명을 새겨 놓은 듯한 반점을 응시했다.

조지아나는 남편의 눈길에 몸을 떨었다. 남편의 시선이 자신을 향하기만 해도 그녀의 장밋빛 뺨은 백지장처럼 창백하게 변했다. 그럴 때면 그 진홍빛 손은 마치 새하얀 대리석에 루비로 새겨 넣은 것처럼 아주 두드러지게 드러나 보였다.

어느 늦은 밤 조지아나는 애써 미소를 지으며 이야기를 꺼냈다.

"당신, 어젯밤 꿈을 꾸셨나 봐요. 이 흉한 손자국에 대한 꿈 말예요. '이게 그녀의 심장 안에 들어 있군. 이걸 꺼내야 해!'라고 잠꼬대를 하시던 걸요."

에일머는 간밤의 꿈을 기억해 냈다. 어젯밤 그는 실험실 조수 아미나다브와 함께 아내의 반점 제거 수술을 하는 꿈을 꾸었다. 칼이 깊이 들어갈수록 손자국의 반점도 더 깊어져 마침내는 그 조그만 손이 조지아나의 심장을 붙들고 있는 것처럼 보이는 곳까지 이르렀다. 에일머는 무자비하게 칼로 베어 내든지 잡아떼어 버리기로 결심했다. 그 꿈이 기억 속에서 완전한 모양을 갖추자 에일머는 아내에게 죄의식을 느꼈다.

"에일머."

조지아나가 비장한 표정으로 말을 이었다.

"이 치명적인 반점을 없애려다 저와 당신이 어떤 대가를 치르게 될지 두려워요. 당신이 끔찍하게 여기는 이것을 제거하려다가 영원히 불구가 될지도 모르죠. 어쩌면 이 반점은 생명체처럼 깊이 뿌리를 내리고 있을지도 몰라요. 하나만 물을게요. 제가 이 세상에 나오기 전에 이미 제 몸에 생긴 이 흉한 것을 없앨 가능성이 조금이라도 있는 건가요?"

"사랑하는 조지아나, 그 문제에 대해 깊이 생각해 봤어. 나는 그걸 완전히 제거할 수 있다고 확신해."

"조금이라도 가능성이 있다면 어떤 위험을 무릅쓰고

라도 시도해 보세요. 위험 따위는 저에게 아무 문제도 안 돼요. 이 흉한 얼룩이 당신에게 공포와 증오의 대상이 되는 한 제 삶은 기꺼이 내던져 버리고 싶은 짐에 불과하니까요. 당신은 과학에 깊은 지식을 가지고 있지 않나요? 당신은 기적같이 위대한 일들을 이룬 분이에요. 그런 당신이 제 손가락 끝으로도 다 가려지는 이 조그만 얼룩 하나 못 없앨까요? 당신의 마음의 평화를 위해, 그리고 미치기 직전인 당신의 불쌍한 아내를 위해 이깟 일쯤 못 해내시겠어요?"

"아! 사랑스럽고 고귀한 나의 조지아나, 내 능력을 의심하지 마."

에일머는 흥분에 들떠 소리쳤다.

"조지아나, 당신은 나를 그 어느 때보다도 과학의 심장부로 깊숙이 인도했어. 이 뺨을 다른 쪽 뺨과 마찬가지로 흠 없이 완전하게 만들 자신이 있어. 조지아나, 자연이 자신의 가장 아름다운 작품에 남긴 불완전함을 내가 바로잡았을 때, 그때 내가 느낄 승리감이 어떻겠어! 자신이 조각한 여인이 생명체로 살아났을 때 피그말리온이 느꼈을 황홀감도 나의 황홀감만큼 크지는 못할 거야."

"그럼 이제 결정이 난 거예요. 그리고 에일머, 만일 그 반점이 나의 심장을 피난처로 삼고 있다 해도 절대 중단하지 마세요."

남편은 진홍빛 손의 낙인이 찍히지 않은 아내의 오른쪽 뺨에 다정하게 입을 맞추었다.

에일머는 실험실로 사용했던 넓은 아파트를 수술실로 사용하기로 했다. 그곳은 그가 젊었을 때 자연의 본질적인 힘에 관한 연구로 과학계의 경탄을 불러일으킨 곳이기도 했다. 그는 이 실험실에서 가장 높은 구름층과 가장 깊은 광맥의 비밀을 조사했고, 화산의 폭발과 샘물이 솟아나는 신비한 원리, 또 어떤 물은 풍부한 약효까지 함유하고 있는 이유 등에 대해서도 깊이 탐구했다.

그러나 그는 깨달았다. 우리의 위대한 창조자인 대자연은 환한 햇빛 속에 모든 것을 공개하고 있는 것 같지만 실제로는 비밀을 감추고 우리에겐 단지 결과밖에 보여 주지 않는다는 사실을. 그는 그 뒤 자연에 대한 연구를 중단했다. 그런 그가 그 사실을 반쯤 잊어버리고 다시 연구를 시작하려는 것이다.

남편의 안내로 수술실 입구에 도착한 조지아나는 오싹한 한기를 느끼며 몸을 떨었다. 에일머는 아내를 안심시키려고 짐짓 밝은 표정으로 조지아나의 얼굴을 바라보았다. 순간 그녀의 하얀 뺨에 타오르듯 강렬한 반점의 붉은 빛깔에 어찌나 놀랐던지 그는 발작하듯 몸서리를 쳤다. 그러자 조지아나가 기절을 했다.

"아미나다브! 아미나다브!"

에일머는 발을 세차게 구르며 조수를 불렀다.

"아미나다브, 얼른 문을 열어. 그리고 향을 피우게."

"네, 주인님."

아미나다브는 기절한 조지아나의 모습을 바라보며 대답했다. 그러고는 혼잣말로 중얼거렸다.

"저 여자가 만일 내 아내라면 난 절대 저 반점을 없애려고 하지 않을 거야."

얼마 뒤 기절했던 조지아나가 깨어났다.

"여기가 어디죠…? 아, 생각났어요."

조지아나는 재빨리 손으로 뺨을 가려 남편이 그 끔찍

한 반점을 보지 못하도록 했다.

"나를 믿어, 조지아나. 그 불완전한 흠이 이제는 내게 즐거움을 주기까지 한다고. 그 점을 제거하는 게 얼마나 큰 기쁨을 안겨 줄까 생각하면 말이야."

"오, 제발! 저를 보지 마세요. 당신이 진저리를 치던 모습을 영원히 잊지 못할 거예요."

조지아나는 눈물을 글썽이며 외쳤다.

에일머는 조지아나의 마음을 진정시켜 주기 위해, 그리고 두려움으로부터 해방시켜 주기 위해 그가 터득한 과학의 심오한 지식 중에서 장난삼아 즐길 만한 비법 몇 가지를 보여 주었다.

에일머는 흙이 담긴 그릇 하나를 가리키며 조지아나에게 보라고 했다. 그녀는 처음에 별 관심 없이 에일머가 시키는 대로 무심한 눈길로 그릇을 바라보았다. 눈 깜짝할 사이 파릇한 새싹 하나가 흙에서 솟아나오자 조지아나는 깜짝 놀랐다. 이어서 가는 줄기가 나오고 잎사귀가 점점 펼쳐지면서 그 한가운데서 완벽한 모습의 아름다운 꽃 한 송이가 피어났다.

"마술이잖아요! 만져 봐도 될까요?"

감탄한 조지아나가 소리쳤다.

"물론. 꺾어 봐. 꺾어서 달콤한 향기를 맘껏 마셔 봐. 꽃은 시들고 갈색 씨방만 남을 거야. 그 씨방에서 덧없는 일생이 영원히 계속되는 거지."

조지아나가 손을 대는 순간 꽃이 갑자기 시들었다. 푸르던 잎사귀들도 순식간에 불에 탄 듯 새까맣게 변했다.

"자극이 너무 강했던 모양이군."

에일머가 생각에 잠긴 채 말했다.

실패를 만회하기 위해 에일머는 자기가 발명한 과학적인 기술을 이용해 조지아나의 초상화를 그려 주겠다고 했다. 에일머는 반짝반짝 윤이 나는 금속판에 강력한 빛을 쏘였다. 뿌옇고 희미하게 초상화가 윤곽을 드러내자 조지아나는 소스라치게 놀랐다. 뺨이 있어야 할 자리에 조그만 손 모양만 뚜렷하게 나타났다. 에일머는 금속판을 얼른 낚아채 부식제가 담긴 통 속에 던졌다.

실험실로 돌아간 에일머는 굴욕적인 실패들을 이내 잊어버리고 다시 작업에 몰두했다. 에일머가 조수 아미나

다브에게 무언가 지시를 내리는 소리가 들려왔다. 아미나다브의 거칠고 무뚝뚝한 대답 소리도 들렸다. 몇 시간이 지난 뒤 에일머는 조지아나에게 화학 약품들과 귀중한 천연 물질들이 들어 있는 자신의 진열장을 구경해 보지 않겠냐고 권했다.

"이건 뭐죠?"

남편을 따라가 진열장 앞에 선 조지아나는 황금빛 용액이 들어 있는 공 모양의 조그만 크리스털 병을 가리키며 물었다.

"정말 아름다워요. 생명의 영약인가요?"

"어떤 의미에서는 그렇지. 하지만 불멸의 영약이라고 부르는 게 더 옳을 거야. 그건 지금까지 세상에서 만들어진 것 중 가장 독한 독약이거든. 사람의 수명을 몇 년쯤 연장할 수도 있고, 단숨에 죽일 수도 있지."

"그런 끔찍한 약을 왜 가지고 있는 거죠?"

조지아나는 공포에 질려 소리쳤다.

"나를 그렇게 믿지 못하겠어?"

에일머는 빙그레 웃었다.

"해로움보다 이로움이 더 많은 약이야. 이 강력한 화장수를 물병에 한두 방울 섞어 얼굴에 바르면 주근깨 같은 것은 손을 씻듯이 쉽게 지워져 버리지. 강도를 조금 더 높여 피부에 주입하면 뺨에서 피가 제거되면서 장밋빛 아름다움을 창백한 유령의 모습으로 바꿔 버릴 수도 있다고."

"이 화장수로 내 얼굴을 씻어 낼 건가요?"

조지아나가 걱정스러운 표정으로 물었다.

"아, 아니야."

에일머는 황급히 손을 내저었다.

"그건 초보적인 방법에 지나지 않아. 당신의 경우에는 좀 더 본격적인 치료법이 필요하지."

침실로 돌아온 조지아나는 자신이 향기와 음식을 통해 이미 육체적으로 어떤 영향을 받고 있으리라 짐작했다. 뭔가 분명치 않은 이상한 감각이 혈관을 타고 흘러 들어와 반쯤은 고통스럽게 반쯤은 쾌감을 주며 그녀의 심장을 따끔거리게 하고 있다고 상상하기도 했다.

그것은 환상이었을지도 모른다. 용기를 내 거울 속을

들여다볼 때마다 흰 장미처럼 창백한 뺨에 찍힌 진홍빛 반점은 여전히 있었다. 이제는 에일머조차도 그 반점을 그녀 자신처럼 증오하지는 않았다.

조지아나는 남편이 약을 조합하고 분석하는 동안 지루함을 달래기 위해 과학책을 뒤적였다. 그러다 남편이 과학 연구를 시작할 때부터 경험한 것들을 기록해 둔 책을 펼쳤다. 그 책에는 실험의 목적과 실험 방법, 성공과 실패의 원인이 꼼꼼하게 기록되어 있었다. 기록을 읽고 난 조지아나는 남편을 향한 존경심이 전보다 깊어졌으며 더 깊이 사랑하게 되었다.

그러나 신뢰감은 오히려 줄어들었다. 자연계에서 일어나는 현상에 대한 연구는 열정과 상상력으로 뛰어난 업적을 이룬 것도 많았다. 그러나 가장 주목할 만한 성공을 거둔 것조차도 원래 목적했던 것과 비교해 보면 거의 실패에 가까웠다.

조지아나는 두세 시간 전부터 얼굴의 반점에서 이상한 감각이 느껴졌다. 고통스러운 감각은 아니었지만 온몸이 들뜨고 불안한 느낌이 들었다. 그녀는 처음으로 남편이 실험에 몰두하고 있는 방 안으로 들어섰다. 에일머는 시체처럼 창백한 얼굴로 온 정신을 기울여 화로를 지켜보고 있었다. 마치 화로가 증류해 내고 있는 액체가 영원한 행복을 가져다줄 액체가 될지 불행을 안겨 줄 액체가 될지 그의 철저한 감시 여하에 달려 있다는 듯이.

"자, 이제 생각이 너무 많이 담겨도, 너무 적게 담겨도, 모든 것이 끝장이다."

에일머는 혼잣말로 중얼거렸다.

"오, 보세요, 주인님! 저기 보세요!"

아미나다브가 중얼거렸다.

고개를 돌린 에일머의 얼굴이 순식간에 벌게지더니 이윽고 백지장처럼 창백해졌다. 그는 아내에게 달려와 두 팔을 강하게 움켜쥐며 소리쳤다.

"여길 왜 왔지? 남편을 그렇게 못 믿어? 그 치명적인 반점의 어두운 그늘을 나의 작업에 씌우려고 그래? 가! 몰래 엿보다니! 어서 가라고!"

조지아나는 침착하게 말을 했다.

"에일머, 저는 당신이 주는 것이면 독약이라도 마실 각

오가 되어 있어요."

에일머는 아내의 말에 깊이 감동했다.

"당신을 의심해서 미안해. 당신이 나를 그렇게까지 믿는 줄 몰랐어. 이제 아무것도 숨기지 않을게. 사실 당신 얼굴의 이 진홍빛 손자국은 보기에는 대단치 않아 보이지만 내가 생각했던 것보다 훨씬 더 강한 힘으로 당신 몸을 움켜쥐고 있어. 그래서 당신의 육체를 바꾸는 일만 제외하고 나머지 모든 것을 변화시킬 정도로 강력한 약제를 이미 투입했지. 이제 딱 한 가지 실험만 남았어. 만일 그게 실패하면 우린 끝장이야."

"왜 제게 사실대로 말하지 않았죠?"

"조지아나, 그건 말이지. 위험이 따르기 때문이야."

"위험이라고요? 딱 한 가지 위험이 있을 뿐이죠. 이 끔찍한 낙인이 제 뺨에 계속 남아 있을 위험 말이에요!"

흥분한 조지아나가 소리쳤다.

"그 대가가 무엇이든 간에 제발, 제발 이 낙인을 없애주세요! 그렇지 않으면 우리 둘 다 미치고 말 거예요!"

슬픔이 가득 담긴 눈빛으로 아내를 바라보던 에일머는

다정하게 말했다.

"침실로 돌아가, 조지아나. 조금만 있으면 모든 시험이 다 끝나니까."

조지아나를 침실로 데려다준 에일머는 엄숙하면서도 부드러운 표정으로 아내를 바라보다 다시 실험실로 돌아갔다. 그녀는 남편의 진지한 태도에 상황이 심각하다는 것을 짐작할 수 있었다.

조지아나는 눈을 감고 깊은 생각에 잠겼다. 그녀는 완벽함을 추구하는 남편의 성격이 옳다고 평가했다. 마음속의 불완전함을 견뎌 내며 처량하게 사는 사람보다 낫다고 여겼다. 또한 그녀는 남편의 자신을 향한 사랑을 품격 있고 우아하다고 믿고 있었다. 그의 사랑은 완벽함에 이르지 못한 어떤 것도 받아들이지 않을 만큼 높고 순수한 것이었다. 그녀는 자신이 그의 높고 깊은 사랑의 감정을 충족시켜 줄 수 있기를 정성을 다해 기도했다.

남편의 발소리에 조지아나는 명상에서 깨어났다. 에일머는 물처럼 투명한, 불멸의 생수에 어울릴 만큼 맑고 밝은 액체가 담긴 크리스털 잔을 들고 있었다. 에일머의 얼굴은 긴장한 탓인지 창백했다.

"이 용액의 제조는 완벽해. 그동안 내가 쌓아 온 모든 과학 지식이 나를 배반하지 않는다면 이 약은 실패할 수가 없어. 이 약이 식물에 미치는 효과를 좀 봐, 조지아나."

창문 앞에는 온 잎사귀에 누런 얼룩이 퍼져 병들어 있는 제라늄 화분 하나가 놓여 있었다. 에일머는 제라늄 화분의 흙에 용액을 조금 부었다. 잠시 뒤 그 식물의 뿌리가 용액을 흡수하자 보기 흉하던 누런 얼룩들이 다 없어지고 싱싱한 초록빛으로 되살아났다.

조지아나가 침착하게 말했다.

"증명해 보일 필요 없어요. 그 잔을 주세요. 당신에게 기꺼이 모든 걸 맡기겠어요."

"당신은 정말 훌륭해."

에일머는 진심으로 감탄했다.

"당신의 정신에는 조금만치도 불완전한 흠이 없어. 자, 마셔. 이제 당신의 육체도 곧 완전해질 거야."

조지아나는 약을 단숨에 마시고 남편의 손에 잔을 돌려주었다.

"아주 기분이 좋아요."

조지아나가 평온한 미소를 지으며 말했다.

"천국의 샘에서 떠온 물 같아요. 향기도 달콤하고 맛도 상큼해요. 오랫동안 목 타게 했던 뜨거운 갈증을 가라앉혀 주는 듯하네요. 이제 잠 좀 자야겠어요. 마치 해질녘 장미꽃의 꽃잎들이 오므라지듯이 제 정신 위로 제 육체적인 감각들이 오므라져 덮이는 것 같아요."

조지아나는 우물우물 간신히 몇 마디 중얼거리다 곧 잠에 빠져들었다. 아내 옆에 꼭 붙어 앉은 에일머는 치명적인 반점을 응시하며 몸을 떨었다. 대리석처럼 창백한 조지아나의 뺨에서 진하게 보였던 진홍빛 손자국은 점점 윤곽을 잃고 흐려져 갔다. 그녀의 얼굴은 여전히 창백했다. 반점은 호흡이 계속될 때마다 이전의 분명한 모습을 점점 잃어 가고 있었다.

"아, 조지아나! 거의 사라졌어!"

에일머는 억누르기 어려운 희열을 느끼며 나직하게 소리쳤다.

"성공이야, 성공! 이제 아주 연한 장밋빛 같아. 뺨이 홍조를 살짝 띠면 완전히 감춰지겠어. 그런데 얼굴이 왜 이리 창백하지?"

에일머는 창문 커튼을 열어젖혔다. 한낮의 햇살이 그녀의 뺨에 어른거렸다. 조지아나는 천천히 눈을 떠 남편이 들고 있는 거울 속을 찬찬히 들여다보았다. 지금껏 파멸의 붉은빛으로 타오르며 그들의 모든 행복을 겁주어 쫓아버렸던 그 진홍빛 손은 거의 보이지 않았다. 조지아나의 입가에는 희미한 미소가 스쳐 갔다. 그러나 그녀의 눈은 도저히 설명할 수 없는 불안과 고통을 담고 남편을 찾고 있었다.

"아, 불쌍한 에일머!"

조지아나는 속삭이듯 중얼거렸다.

"불쌍하다고? 아니, 나는 세상에서 가장 행복하고 가장 축복받은 사람이라고. 실험은 성공했어, 조지아나! 당신은 이제 완벽해!"

에일머는 만족스러운 미소를 지으며 외쳤다.

"아, 불쌍한 에일머!"

조지아나는 천상에서 들려오는 듯한 부드러운 목소리

로 말을 이었다.

"당신의 목표는 고결했어요. 그리고 고귀하고 순수한 마음으로 그 목표를 훌륭히 이뤄 냈죠. 그러니 이 세계가 당신이 가질 수 있었던 최상의 것을 거부했다고 해서 결코 후회하지 마세요. 에일머, 사랑하는 에일머, 난 지금 죽어 가고 있어요."

그것은 사실이었다. 그 숙명적인 진홍빛 손자국은 생명의 신비를 움켜쥐고 있었다. 천사 같은 그녀의 영혼을 육체와 연결시켜 주는 고리였던 것이다. 인간의 불완전함의 상징인 그 반점의 마지막 진홍빛이 조지아나의 뺨에서 사라짐과 동시에 그녀의 마지막 숨결이 공기 속으로 사라졌다. 남편 곁에서 잠시 머뭇거리던 조지아나의 영혼은 하늘을 향해 날아갔다.

사랑하는 사람은 조물주가 나만을 위해 빚어 준 최상의 예술품

딸   사랑하는 사람의 결점까지 사랑하기란 쉽지 않은가 봐요.

✳

이 세상에 완벽한 존재란 있을 수 없는데 에일머는 이 사실을 인정하지 않았어. 어리석게도 에일머는 아내 조지아나가 완벽해야 자신과 조지아나의 사랑이 완벽해진다는 망상에 사로잡히지. 에일머는 자연의 손이 완벽하게 빚어 놓은 조지아나의 뺨에 있는 진홍빛 반점을, 단 한 점의 티를 과학의 힘을 빌려 기어코 도려내려고 들어. 아내의 유일한 결점인 그 반점은 에일머가 품어야 할 사랑의 대상이었는데 말이야. 그 반점에 창조의 비밀이 숨겨져 있는 줄도 모르고 말이지.

에일머는 자연이 자신의 가장 아름다운 작품에 남긴 불완전함을 바로잡았을 때의 승리를 만끽하기 위해 어리석은 프로젝트를 시작해. 아내에 대한 사랑은 사랑이라는 이름으로 포장된 과학에 대한 집념으로 바뀌어 갔지. 세상에는 과학만으로 해결할 수 없는 문제가 많이 있는데 말이야. 오히려 사랑이 모든 문제를 해결해 준다는 것을 에일머는 알지 못했어.

마침내 에일머는 반점을 없앨 용액 제조에 성공하지. 조지아나가 용액을 마시자 반점의 마지막 진홍빛이 뺨에서 완전히 사라짐

아빠　상대방의 결점도 허물도 용서하며 관용하는 것이 진실한 사랑이
란다.

과 동시에 그녀의 마지막 숨결 또한 공기 속으로 사라지고 말았
어. 생명의 신비를 움켜쥐고 있던 진홍빛 반점은 천사 같은 조지
아나의 영혼을 육체와 연결시켜 주는 고리였던 거야. 조지아나의
유일한 결점은 인위적인 제거로서가 아니라 보듬어 주어야 하는
것이고, 사랑으로서만 극복될 수 있다는 것을 에일머는 몰랐어.

조지아나는 아내를 완벽하게 아름다운 여인으로 만들어 놓겠
다는 남편의 허황된 욕망에 희생되고 말았지. 자신이 죽을지도
모른다는 것을 알면서도 사랑하는 남편의 마음의 평화를 위해 실
험에 기꺼이 응한 조지아나의 사랑은 깊은 감동을 주지?

사랑한다면 상대방의 결점도 허물도 용서하며 관용하는 것이
진실한 사랑이란다. 우리는 에일머처럼 사랑하는 사람의 결점을
품는 대신 완벽을 강요하며 자기의 좁고 예리한 잣대와 칼날로
작은 오점을 끝내 도려내려고 들고 있지는 않은지 돌아봐야 해.
내가 사랑하는 사람은 조물주가 나만을 위해 빚어 준 세상에서
단 하나뿐인 최상의 예술품이니까.

거울

알퐁스
도데

북쪽 나라 나에만 강변에 크레올(신대륙 발견 후 아메리카 대륙에서 태어난 에스파냐인과 프랑스인의 자손) 소녀가 막 도착했다. 눈처럼 새하얀 살결에 두 뺨은 장밋빛처럼 발그레한 크레올 소녀는 아몬드 꽃처럼 청순했다. 벌새가 사는 섬나라에서 사랑의 바람에 이끌려 머나먼 이곳까지 온 소녀는 열다섯 살이었다. 섬사람들은 한사코 그녀를 말렸다.

"가지 마라, 얘야. 북쪽 나라는 무척 춥단다. 겨울이 되면 단박에 얼어 죽을 게다."

찬란하게 빛나는 태양과 짙푸른 녹음 속에서 자란 크레올 소녀는 겨울 같은 것이 있다고 믿지 않았다. 소녀에게 춥다는 느낌은 그저 소르베(굴을 넣은 과즙을 얼린 것)를 먹을 때 느끼는 차가움 정도가 고작이었다. 더구나 소녀는 사랑에 취해 있었다. 죽음 따위는 조금도 두렵지 않았다.

소녀는 안개 자욱한 강변에 배를 버리고 뭍으로 올랐다. 그물 침대와 부채, 모기장, 섬에서 데려온 벌새들이 가득한 금박의 새장과 함께.

북쪽 나라의 영감님은 남쪽 나라에서 찬란한 태양빛을 담뿍 받고 자란 꽃 같은 소녀가 가여워 견딜 수 없었다.

"이제 곧 추위란 녀석이 차디찬 입을 벌려 저 어린 소녀와 벌새들을 냉큼 삼켜 버릴 텐데."

영감님은 커다란 황금빛 불을 켜 태양처럼 밝히고 주변을 여름처럼 단장했다. 이 바람에 순진한 크레올 소녀는 착각을 하고 말았다. 따뜻한 날씨가 일 년 내내 계속될 줄로만 안 소녀는 거무스레한 상록수를 봄철의 푸르름으로 믿어 버렸다. 소녀는 마당 구석에 있는 두 그루의 전나무 사이에 그물 침대를 매어 놓고 하루 종일 부채질을 하며 흔들거리면서 지냈다.

"북쪽 나라도 이렇게 따뜻한걸."

미소 짓던 소녀는 마음에 걸리는 것이 있어 고개를 갸우뚱거렸다.

"하지만 이상한걸. 이 나라에는 왜 집집마다 베란다가

없지? 벽들은 또 왜 저렇게 두꺼울까? 커다란 벽난로와 마당 가득 쌓아 놓은 장작과 옷장 속 깊숙이 있는 파란색 여우 모피와 두꺼운 외투는 대체 어디에 쓰는 걸까?"

가엾은 소녀의 궁금증은 얼마 지나지 않아 풀렸다.

어느 날 아침이었다. 잠에서 깬 크레올 소녀는 심한 한기로 덜덜 떨었다. 태양은 빛을 잃었고, 땅에 닿을 듯 낮고 시커먼 하늘에서 소리 없이 떨어져 내린 하얀 보푸라기들로 온 세상이 목화밭처럼 하였다.

겨울! 겨울이 온 것이다!

찬바람이 쌩쌩 몰아쳤고 난로의 장작은 탁, 탁 소리를 내며 타올랐다. 금박 새장 속의 벌새들은 더 이상 노래하지 않았다. 파랑, 분홍, 루비색, 짙푸른 바다색의 작은 날개에 연약한 부리를 파묻고 얼어붙은 몸을 애처롭게 떨었다. 정원 구석의 그물 침대는 바람이 몰아칠 때마다 을씨년스럽게 흔들렸고 서리를 맞은 전나무 잎들은 마치 유리구슬을 매달고 있는 것 같았다.

소녀는 추워서 견딜 수가 없었다. 소녀는 이제 밖으로 나가려 하지 않았다. 커다란 벽난로 앞에 새들처럼 웅크

리고 앉아 타오르는 불꽃을 바라보며 시간을 보냈다. 활활 타고 있는 불꽃은 고향의 이글거리는 태양 같았다.

소녀는 찬란한 불꽃을 바라보며 고향의 정경을 떠올렸다. 뜨거운 태양 아래 흑설탕이 녹아 흐르는 사탕수수. 황금빛 먼지 속에 떠 있는 옥수수 알. 햇볕이 가득 내리쬐는 넓은 부두. 오후의 낮잠. 엷은 빛깔의 커튼. 짚으로 짠 돗자리. 별빛 총총한 초저녁 나절의 반딧불이 떼. 꽃들 사이 그리고 모기장의 그물 사이로 떼 지어 몰려들어 윙윙거리는 수많은 조그만 날개들.

소녀가 불길 앞에서 추억에 젖어 있는 동안 겨울 해는 더욱 짧아졌다. 아침마다 벌새는 한 마리씩 새장 속에서 죽어 갔다. 얼마 지나지 않아 벌새는 두 마리밖에 남지 않았다. 두 마리 벌새는 초록빛 날개를 애처롭게 바르르 떨며 한구석에 몸을 맞대고 있었다.

그날 아침 소녀는 침대에서 일어날 수가 없었다. 마치 북극 바다의 얼음 속에 갇힌 외돛배처럼 추위에 목을 죄어 자유를 빼앗기고 만 것이다. 주위는 온통 어둡고 방 안은 음침했다. 성에는 유리창에 두터운 커튼을 쳐 놓았다. 도시는 죽은 것 같았다.

심심해진 소녀는 침대에서 부채의 금박을 반짝거려 보기도 하고 고향 섬나라 새의 깃털로 장식한 거울에 모습을 비추어 보기도 하면서 나날을 보냈다.

겨울의 낮은 점점 짧아졌고, 어둠은 깊어졌다.

레이스 커튼을 두른 침대에서 크레올 소녀는 점점 초췌해져만 갔고 큰 슬픔에 잠겨 지냈다. 무엇보다도 그녀를 슬프게 하는 것은 그 침대에서는 난로의 불을 볼 수 없다는 것이었다.

소녀는 또 한 번 고향을 잃은 듯해 비탄에 빠졌다.

가끔 그녀가 물었다.

"방 안에 불이 있나요?"

"그럼 있고말고. 얘야, 난로는 시뻘겋게 타고 있단다. 장작이 탁탁 소리를 내며 타고 있잖아. 솔방울 튀는 소리가 들리지 않니?"

"어머! 그래요?"

소녀는 몸을 구부려 난로의 불길을 보려 했으나 헛수고였다. 불은 너무 멀리 있었다. 그녀는 실망에 잠겼다.

어느 날 밤이었다. 소녀는 머리를 베개 끝에 묻은 채 창백한 얼굴로 생각에 잠겨 있었다. 눈길은 보이지도 않는 불꽃을 향한 채. 그때 소녀가 사랑하는 사람이 그녀 곁으로 다가와 침대 위에 놓인 거울을 집어 들고 말했다.

"불꽃이 보고 싶은가요, 아가씨? 잠깐만 기다려요. 보여 줄게요."

소녀의 연인은 난로 앞에 무릎을 꿇고 앉아 환상적인 불꽃을 거울에 담아 소녀 쪽으로 향했다.

"이제 보이나요?"

"아니요, 아무것도 안 보여요."

"자, 이제는 보일 거예요."

소녀의 연인이 거울을 살짝 돌렸다.

"아뇨, 아직도…."

그때 소녀의 얼굴 가득 따뜻한 불꽃이 어룽거렸다.

소녀는 무한한 기쁨에 차서 외쳤다.

"오오! 보여요!"

소녀는 눈 속에 두 개의 작은 불꽃을 담은 채 웃으면서 죽어 갔다.

인생에서 단 한 번밖에 허용되지 않는 첫사랑

딸   소녀의 첫사랑이 비극으로 끝나다니 슬프고 안타까워요.

"가지 마라, 애야. 북쪽 나라는 무척 춥단다. 겨울이 되면 단박에 얼어 죽을 게다." 설레고 가슴 떨리는 첫사랑이 찾아온 소녀에게 어른들의 충고는 귀에 들어오지 않았어. 사랑에 취한 소녀는 사랑의 바람에 이끌려 사랑하는 사람이 있는 곳으로 떠났어.

소녀가 나고 자란 따뜻한 남쪽 나라를 떠나 사랑하는 사람이 있는 추운 북쪽 나라로 간 것처럼 사랑은 '내가 살아온 세상'과는 다른 '그가 사는 세상' 속으로 뛰어드는 거야. 우리는 여행을 떠나기 전에 먹을 곳과 잠잘 곳, 그리고 위험한 곳은 아닌지 알아보고 이것저것 필요한 물건도 차근차근 준비하지. 그런데 '사랑이라는 긴 여행'을 떠날 때는 정작 제대로 준비를 하지 않아. 소르베를 먹을 때의 차가움밖에 느껴 보지 못해 북쪽 나라의 추위가 얼마나 매서운지 모르는 소녀가 그물침대와 부채, 모기장 따위를 챙겨 갔던 것처럼 말이야. 소녀는 결국 매서운 추위를 이겨 내지 못하고 병에 걸려 죽고 말았어.

  첫사랑은 누군가에는 빠지지 않는 가시처럼 박혀 평생을 아프게도 하고, 누군가에는 아름다운 추억으로 남기도 하지만 돌이킬

아빠 강물의 깊이도 가늠하지 않고 두 발을 다 담그는 어리석음을 범
했기 때문이지.

수 없는 비극으로 끝나기도 해. 강물의 깊이도 가늠하지 않은 채
두 발을 다 담그는 어리석은 사람처럼 '사랑하는 그가 사는 세상'
에 대해 알지 못한 채 뛰어들면 말이지.

죽음에 이른 소녀나 따뜻한 불꽃을 고작 거울 속에 비친 허상
으로밖에 보여 주지 못한 소녀가 사랑한 사람이나 너무 서툴렀
어. 첫사랑이었을 테니까. 첫사랑은 맑은 날 예고 없이 쏟아지는
소나기처럼 찾아오기 때문에 누구나 모든 것이 서툴 수밖에 없
어. 그 서툶으로 나나 상대에게 상처를 주기도 하고 성숙한 사랑
으로 나아가는 데 걸림돌이 되기도 하지. 그래서 흔히들 첫사랑
은 처음이 주는 설렘과 기쁨, 이루어지기 어렵다는 아픔이 함께
하는 두 얼굴을 가지고 있다고 해.

하지만 꽃이 만개한 봄날에 비바람이 몰아쳐도 꽃잎이 다 떨어
지지는 않잖아? 그러니까 첫사랑을 아름다운 추억으로 간직하고
싶다면, 첫사랑이 마지막 사랑이 되기를 바란다면 강물의 깊이도
모른 채 두 발을 다 담그는 어리석음을 범하지 말아야 해. 첫사랑
은 인생에서 단 한 번밖에 허용되지 않으니까.

크리스마스
선물

오 헨리

1달러 87센트. 그것이 전부였다. 그중 60센트는 1센트짜리 동전들이다. 이 동전은 채소 가게와 푸줏간에서 반찬거리를 사며 창피를 무릅쓰고 악착스럽게 깎아 한 푼 두 푼 모은 것이었다.

델라는 동전을 세 차례나 세어 보았다. 세고 또 세 보아도 역시 1달러 87센트였다. 내일은 크리스마스였다. 델라는 낡고 초라한 침대에 얼굴을 묻고 울음을 터트렸다. 우는 일 말고는 달리 뾰족한 수가 없었다. 인생은 흐느낌과 훌쩍거림과 미소로 이루어져 있는데, 그중에서도 훌쩍거림이 가장 많다는 말이 떠오르는 광경이었다.

이 집의 안주인 델라의 흐느낌이 훌쩍임으로 잦아드는 동안 집 안을 둘러보기로 하자. 일주일에 8달러의 집세를 내야 하는 아파트에는 삐거덕 소리가 나는 낡아 빠진 가구들이 딸려 있다. 값나가는 가구라고는 눈 씻고 찾아봐도 없는 초라한 살림이었다.

아래층 현관에는 아무리 봐도 편지가 들어갈 것 같지 않은 부서진 우편함과 어떤 손가락이 눌러도 울릴 것 같지 않은 초인종이 달려 있고, 그 위에 '제임스 딜링햄 영'이라는 문패가 붙어 있다. 델라의 남편 이름이다.

한때 딜링햄은 일주일에 30달러의 수입을 올렸다. 그러나 일주일에 20달러로 수입이 줄어든 지금은 문패에 쓰인 이름자마저 흐릿해 보였다.

그러나 제임스 딜링햄 영 씨가 직장에서 집으로 돌아와 2층 셋방으로 들어서면 딜링햄 부인 델라의 "짐!"이라고 다정하게 부르는 소리를 들으면서 뜨거운 포옹을 받는다. 참으로 아름답고 흐뭇한 광경이 아닐 수 없다.

델라는 울음을 그치고 분첩으로 뺨을 두드렸다. 창가 앞에 선 그녀는 뒷마당의 잿빛 산울타리를 걸어가는 잿빛 고양이를 멍하니 바라보았다. 내일이 크리스마스인데 사랑하는 짐에게 선물을 사 줄 돈이 1달러 87센트뿐이었다.

델라는 입술을 깨물었다.

"돈을 좀 더 모을 수는 없었을까?"

몇 달 동안이나 단 1센트도 허투루 쓰지 않고 모아 왔으나 짐이 벌어 오는 일주일에 20달러로 집세 8달러를 내고 나머지 돈으로 생활을 꾸리려면 늘 부족했다.

"짐에게 근사한 크리스마스 선물을 사 주고 싶은데…. 짐에게 어울리는 멋지고 귀한 선물 말이야. 짐이 지니고 있으면 가치가 높아지는 선물이 뭘까?"

델라는 남편을 위해 어떤 선물을 하면 좋을까 궁리하면서 잠시 행복한 시간을 보냈다.

그 방의 창문과 창문 사이에는 거울이 하나 있었다. 일주일에 8달러짜리 셋방에서 흔히 볼 수 있는 거울이었다. 거울은 폭이 무척 좁아서 뚱뚱한 사람이라면 제대로 자기 모습을 볼 수 없을 정도였다. 델라는 날씬한 몸을 움직여 민첩하게 자세를 바꾸어 가면서 이리저리 비춰 보았다. 그녀의 두 눈은 초롱초롱 빛났지만 얼굴빛은 20초도 안 되어 창백해졌다. 델라가 머리핀을 풀자 탐스러운 머리카락이 무릎 아래까지 치렁치렁 드리워졌다.

딜링햄 부부에게는 두 가지 자랑거리가 있었다. 하나

는 할아버지에게서 물려받은 것을 아버지가 짐에게 물려
준 금시계였다. 만일 솔로몬 왕이 이 아파트 지하실에 보
물을 잔뜩 쌓아 두고 있다고 해도 짐이 꺼내 보는 시계가
부러워서 턱수염을 쥐어뜯을 것이다.

또 하나의 자랑거리는 델라의 머리카락이었다. 델라의
머리채는 폭포수가 떨어지듯 물결치며 반짝였다. 만일
솔로몬 왕의 시바 여왕이 벽 하나를 사이에 둔 옆집에 살
았다면 델라가 젖은 머리를 말리려고 창문 밖으로 머리
채를 늘어뜨리면 여왕의 값진 보석과 미모는 빛을 잃었
을 것이다.

그처럼 아름다운 델라의 머리카락이 갈색 폭포수처럼
물결치며 무릎 아래까지 내려와서 마치 옷처럼 그녀를
감싸고 있었다. 그녀는 재빨리 머리를 땋아 틀어 올렸다.

그때 델라의 눈에서 눈물 한 방울이 툭 떨어졌다. 낡은 붉은색 양탄자에 눈물이 한 방울 두 방울 떨어졌다.

델라는 낡은 갈색 재킷과 낡은 갈색 모자를 쓰고 여전히 눈물이 괸 채 문 밖으로 나갔다. 층계를 내려가 거리로 나선 그녀가 걸음을 멈춘 곳은 '마담 소프로니-머리 용품'이라는 간판이 걸린 건물 앞이었다.

잠시 숨을 멈추고 간판을 올려다보던 델라는 곧 잰걸음으로 계단을 올랐다. 가게 안에는 몸집이 크고 살결이 유난히 흰 마담 소프로니가 손님을 기다리고 있었다. 델라는 망설임을 떨치려는 듯 단숨에 마담에게 다가갔다.

"제 머리카락을 사시겠어요?"

델라가 물었다.

"사지요. 모자를 좀 벗어 보시겠어요?"

델라가 모자를 벗자 갈색 폭포수가 물보라를 일으키듯 흘러내렸다. 마담은 익숙한 손길로 머리채를 들어 올리며 말했다.

"20달러 드릴게요."

"네, 좋아요."

델라는 짐에게 줄 선물을 사기 위해 가게를 샅샅이 뒤지고 다녔다. 마침내 짐에게 꼭 맞는 선물을 찾아냈다. 그것은 확실히 짐을 위해서 만들어진 것이었다. 다른 누구를 위한 것도 아니었으며, 다른 가게에서는 찾아볼 수 없는 것이었다. 그것은 산뜻한 디자인에 장식이 고상한 백금으로 된 시곗줄이었다. 모든 좋은 물건이 다 그렇듯이 그 자체로 가치를 지닌 그런 물건이었다. 짐의 훌륭한 금시계에 결코 손색이 없는 시곗줄이었다. 그 시곗줄을 보는 순간 그녀는 이것이야말로 짐의 것이어야 한다고 생각했다. 그것은 그와 꼭 닮았다. 품위와 가치, 이 표현은 짐과 시곗줄에 모두 해당되는 표현이었다.

시곗줄 값으로 21달러를 지불한 그녀는 87센트를 들고 집으로 돌아왔다. 짐은 시계에 이 시곗줄을 매달면 누구 앞에서나 떳떳이 시계를 꺼내 볼 수 있을 것이다. 훌륭하고 멋진 시계를 갖고 있음에도 낡은 가죽끈을 달아 놓아 짐은 몰래 시계를 꺼내 보곤 했다.

집으로 돌아온 델라는 흥분이 가라앉으면서 이성과 분별이 되살아났다. 그녀는 고데기를 꺼내 사랑과 헌신으로 볼품없이 짧아진 머리카락을 매만지기 시작했다. 짧은 머리카락을 손질하는 일은 긴 머리를 손질하는 것보다 더 힘들고 시간이 많이 걸리는 법이다.

40분이 지나자 그녀의 머리는 꼬불꼬불 말린 곱슬머리로 뒤덮여 장난꾸러기 초등학생처럼 보였다. 그녀는 거울에 비친 자기 모습을 조심스럽게 들여다보았다.

"짐이 나를 죽이지 않는다면…."

그녀는 거울에서 눈을 떼지 않고 중얼거렸다.

"나를 보자마자 코니아일랜드 합창단의 소녀 같다고 할 거야. 하지만 하는 수 없었는걸. 아아! 1달러 87센트로 내가 뭘 할 수 있었겠어? 자, 이제 저녁 준비를 해야지. 오늘은 크리스마스이브잖아. 특별히 맛있는 음식을 준비해 놔야지."

그녀는 저녁 식사를 준비하기 시작했다.

7시에 커피를 끓이고 프라이팬을 달구어 포크찹을 만들 준비를 했다. 짐은 늘 같은 시간에 집에 돌아왔다. 델라는 시곗줄을 꼭 쥐고 문 가까이에 있는 식탁 한쪽에 앉았다. 곧 아래층의 층계를 올라오는 발소리가 들려왔다.

그녀의 얼굴이 순식간에 창백해졌다. 그녀는 아주 사소한 일에도 속으로 기도를 드리는 버릇이 있었는데, 지금도 이렇게 속삭였다.

"오, 하느님! 부디 그이가 저를 여전히 예쁘다고 생각하게 해 주소서."

문이 열리고 짐이 들어왔다. 짐은 델라와 마찬가지로 여윈 몸을 낡은 외투로 감싸고 있었다. 이제 겨우 스물두 살밖에 되지 않았지만 가장이라는 무거운 짐을 짊어지고 있어서인지 성실한 표정의 젊은이였다.

짐은 문간에서 꼼짝도 하지 않았다. 마치 메추라기 냄새라도 맡은 사냥개처럼 꼼짝 않고 델라를 응시했다. 델라는 먹잇감이라도 된 것처럼 몸을 떨었다. 전혀 예상하지 못했던 낯선 감정이 남편의 시선에 감돌고 있어 그녀는 무서워졌다. 그것은 분노도, 놀람도, 공포도, 비난도 아닌 어떤 것이었다. 그는 기묘한 표정으로 그녀를 뚫어져라 바라보고 서 있었다.

델라는 식탁에서 일어나 짐에게 다가갔다.

"여보, 짐!"

그녀는 소리쳤다.

"제발 저를 그런 눈으로 보지 마세요. 오늘은 크리스마스이브잖아요. 나는 당신에게 크리스마스 선물도 드리지 않고 크리스마스를 보내고 싶지 않았어요. 그래서 제 머리카락을 잘라 팔았어요. 그럴 수밖에 없었어요. 머리는 다시 자랄 거예요. 제 머리카락은 아주 빨리 자라요. 괜찮지요, 짐? 자, 저에게 '메리 크리스마스'라고 말해 줘요. 그리고 우리 즐겁게 오늘 밤을 보내도록 해요. 당신은 내가 당신에게 주려고 얼마나 근사하고 멋진 선물을 사 왔는지 모르실 거예요."

"머, 머리카락을 잘랐다고?"

아무리 생각을 해 봐도 이 명확한 사실을 이해할 수 없다는 듯 그는 괴로운 표정으로 물었다.

"그래요. 잘라서 팔았어요."

델라가 대답했다.

"그래도 당신은 전과 다름없이 저를 사랑해 주시는 거죠, 짐? 머리카락이 없어도 전 여전히 저잖아요."

한참을 못 박힌 듯 서 있던 짐은 빙빙 돌며 방 안을 둘러보았다.

"당신의 긴 머리카락이 이젠 없단 말이지?"

짐은 넋이 나간 표정으로 같은 말을 몇 번이나 되풀이했다.

"찾을 필요 없어요. 팔아 버렸어요. 팔아서 이젠 없어져 버렸다고요. 여보, 오늘은 크리스마스이브예요. 당신을 위해 한 일이니 예전처럼 상냥하게 말해 주세요. 제머리카락의 수는 헤아릴 수 있을지 몰라도, 당신에 대한나의 사랑은 그 누구도 헤아릴 수 없어요. 짐, 저녁을 준비할까요?"

짐은 잠시 길을 잃고 떠돌던 넋이 돌아온 듯 사랑스럽게 말하는 델라를 바라보았다. 성큼성큼 다가온 짐은 델라를 꼭 끌어안았다.

잠시 사랑이 넘쳐흐르는 두 사람은 놔두고 다른 문제를 고찰해 보기로 하자. 일주일에 8달러와 일 년에 100만달러. 그게 무슨 차이가 있을까? 어떤 수학자나 현인에게 물어본다 해도 이 질문에 대한 옳은 대답은 얻지 못할것이다.

《성경》에 나오는 동방박사들도 값진 선물을 가지고 왔지만 여기에 대한 대답은 그 선물 속에서도 찾을 수 없다. 수수께끼의 답은 잠시 뒤에 밝혀지리라.

짐은 외투 주머니에서 작은 상자를 꺼내 식탁 위에 던졌다.

"델라, 오해하지 마."

그는 말했다.

"당신이 머리를 잘랐건, 면도를 했건, 감았건 당신에 대한 나의 사랑은 변하지 않아. 내가 멍하니 있었던 건 머리카락을 자른 당신이 예쁘지 않아서가 아니야. 저 상자를 열어 보면 왜 내가 얼이 빠져 서 있을 수밖에 없었는지 알게 될 거야."

델라는 흰 손으로 재빨리 포장지를 풀었다.

"아아!"

델라의 기뻐 어쩔 줄 모르는 환희의 탄성!

그러나 기쁨의 탄성은 곧 눈물과 통곡으로 바뀌었다. 델라가 큰 소리로 우는 바람에 짐은 그녀를 의자에 앉히고 울음을 그칠 때까지 쩔쩔매며 달래야 했다.

짐의 선물은 머리빗이었다. 옆머리와 뒷머리에 꽂을 수 있는 한 세트의 빗.

델라가 브로드웨이에 있는 가게 앞을 지날 때마다 홀린 듯이 진열장 안을 들여다보게 하던 그 빗이었다. 가장자리에 촘촘히 보석을 박아 넣은 진짜 바다거북의 등딱지로 만든 아름다운 머리빗. 없어져 버린 그 아름다운 머리에 꽂으면 딱 어울릴 색깔이었다. 그러나 그 빗은 이제 폭포수 같은 머리채가 없어진 그녀에게는 아무짝에도 쓸모없는 것이었다.

델라는 그 빗을 가질 수 있으리라는 것은 생각도 하지 못했다. 한눈에 보기에도 값비싼 물건이었던 것이다. 그런데 그 빗이 이제 자기 손에 들어오다니! 장식할 머리채가 없어진 지금에.

델라는 머리빗을 가슴에 꼭 껴안았다. 그리고 눈물 어린 눈으로 미소를 지었다.

"짐, 내 머리는 아주 빨리 자라요!"

델라는 고인 눈물을 닦아 내고는 꼬리에 불이 붙은 새끼고양이처럼 팔짝 뛰어오르면서 소리쳤다.

"오, 오!"

짐은 아직까지 그 근사한 선물을 보지 못하고 있었다. 델라는 손에 꼭 쥐고 있던 시곗줄을 그에게 내밀었다. 광채가 별로 없는 그 귀금속은 그녀의 열렬한 사랑의 빛을 담고 있어 빛이 나는 듯했다.

"정말 멋지지 않아요, 짐? 이것을 구하려고 시내를 샅샅이 돌아다녔어요. 당신 시계에 이 줄을 매면 정말 멋질 거예요. 하루에도 백 번씩 시간을 확인하고 싶을 거라고요. 제가 당신 시계에 줄을 매 드릴게요. 시계를 얼른 저에게 주세요. 이 줄이 그 시계에 얼마나 잘 어울리는지 보고 싶어요."

그러나 짐은 침대에 벌렁 드러눕더니 두 손을 머리 밑에 넣어 베고는 빙그레 웃었다.

"우리들의 크리스마스 선물은 당분간 고이 간직해 둡시다. 지금 당장 쓰기에는 너무 훌륭한 것들이니 말이야. 나는 당신에게 빗을 사 주려고 내 시계를 팔았어. 자, 이제 포크찹을 만들지 그래."

여러분도 알다시피 동방박사들은 말구유에서 태어난 아기 예수에게 선물을 가져다주었던 현명한 사람들이었다. 크리스마스에 선물을 주고받는 풍습도 그들에게서 시작된 것이다. 그들의 선물 또한 틀림없이 현명한 것들이었으리라.

나는 자신들의 가장 소중한 보물을 현명하지 않은 방식으로 희생시켜 버린, 싸구려 아파트에 사는 어리석은 한 쌍의 부부 이야기를 서툴게나마 늘어놓았다.

마지막으로 오늘날의 현명한 사람들에게 내가 하고 싶은 말은 이 가난한 부부의 눈물겨운 사랑의 선물은 그 옛날 아기 예수에게 경배하며 드린 동방박사의 선물처럼 지혜로운 것이라는 사실이다. 이들이 주고받은 사랑의 선물이야말로 동방박사들의 선물 못지않기 때문이다.

사랑하는 사람은 세상이 내게 준 선물

가난하지만 사랑이 넘치는 부부의 크리스마스 선물에 가슴이 뭉클
해져요.

크리스마스에는 온 누리에 사랑과 축복이 넘쳐나지. 〈징글벨〉,
〈루돌프 사슴코〉, 〈화이트 크리스마스〉 같은 캐럴과 구세군 자
선냄비의 사랑의 종소리가 거리에 울려 퍼지면 따뜻한 온기를
나누고자 작은 정성을 보태고, 아이들은 설레는 마음으로 머리
맡에 양말을 놓아두고 산타할아버지의 선물을 기대하며 잠이 들
지. 사람들은 종교와 상관없이 사랑하는 마음과 정을 담아 카드
와 선물을 나누며 축복을 보내.

크리스마스를 맞아 가난한 부부 짐과 델라는 상대가 가장 소중
하게 여기는 것을 더욱 귀하고 가치 있게 만들어 줄 선물을 하고
싶었어.

델라는 유일한 자랑거리이자 모두가 부러워하는 머리카락을
팔아 짐의 품위와 가치를 높여 줄 시곗줄을, 짐은 소중하게 간직
해 온 가보 금시계를 팔아 폭포수같이 물결치는 델라의 머리채를
장식해 줄 머리빗을 선물로 준비하지.

세상에 이렇게 아름답고 눈물겹도록 정성 가득한 선물이 또 있
을까? 약속이나 한 듯 엇갈린 선물은 쓸모없어졌지만 짐과 델라

아빠   사랑하는 사람을 세상 그 무엇보다 소중하고 가치 있게 여기는
        마음이 담겨 있어서란다.

〰️

는 세상에서 가장 귀한 선물을 주고받았어. 바로 사랑! 진정으로
고귀한 선물이란 이처럼 사랑하는 사람을 위해 자신의 가장 소중
한 것을 팔 수 있는 '마음'이 아닐까?

소박하지만 마음이 느껴지는 선물이야말로 더없이 귀하고 소
중한 선물이야. 예전에는 정성이 담긴 크리스마스 선물을 최고로
여겼어. 한 코 한 코 마음을 담아 직접 뜬 장갑과 목도리, 정성 들
여 제 손으로 그린 카드로 마음을 전했지. 오늘날에는 마음의 선
물이라는 말이 무색할 정도로 정성보다 값으로 가치를 매겨 버리
는 세태가 되어 안타깝구나.

세상이 아무리 변해도 사랑하는 사람과 주고받는 선물에는 사
랑하는 사람을 세상 그 무엇보다 소중하고 가치 있게 여기는 마
음이 담겨 있어야 해. 짐과 델라처럼 말이야. 사랑하는 사람이야
말로 세상이 내게 준 가장 아름다운 선물이니까. 사랑하는 사람
과 주고받은 선물은 사라지고 없다 해도, 그 사랑이 비록 아픈 상
처만 남긴 채 끝났다 해도, 깊은 곳에 숨어 있다 마음을 따뜻하게
해 주는 마법과도 같은 것이니까.

제2부

이별까지
사랑이다

밀회

이반
투르게네프

9월 중순의 어느 가을날이었다. 아침부터 보슬비가 조용히 내렸다. 그러다가 때때로 해가 반짝 비치기도 하는 등 몹시 고르지 못한 날씨였다. 개를 데리고 사냥에 나서자마자 그쳤던 다시 비가 내렸다.

나는 자작나무 숲속으로 들어가 가지를 야트막하게 뻗고 있어 비를 피하기에 안성맞춤인 나무 아래 자리를 잡고 앉았다. 엷은 흰 구름이 하늘을 온통 뒤덮으며 비가 쏟아지더니 갑자기 구름 사이로 따사로운 햇살이 비치며 맑게 갠 파란 하늘이 모습을 드러냈다.

나는 비 갠 뒤 더욱 선명해진 숲을 바라보며 귀를 기울였다. 머리 위에서 나뭇잎이 산들거렸다. 숲에서는 그 소리만 들어도 계절을 느낄 수 있다. 귓가에 스며드는 소리는 즐거운 듯 재잘대는 봄의 웃음소리도 아니고, 끊임없이 소곤거리는 부드러운 여름의 속삭임도 아니며, 늦가을의 불안하고 싸늘한 외침도 아니었다. 들릴락 말락 마치 꿈속에서의 중얼거림 같았다. 산들바람이 나뭇가지를 어루만지듯 살며시 지나갔다.

비에 젖은 수풀은 태양이 구름 속에 들어갔다 벗어날 때마다 쉴 새 없이 모습을 바꾸었다. 숲속의 모든 것이 갑자기 환한 미소를 짓듯 찬란히 빛나며 나뭇잎들을 황금빛으로 물들이는가 하면 갑자기 주위는 푸르스름한 빛을 띤다. 그러면 선명한 빛깔은 순식간에 사라지고 하얀 자작나무도 빛을 잃은 채 싸늘하게 빛나는 눈처럼 하얀 모습으로 서 있을 뿐이다.

그쳤던 보슬비가 다시 속삭이듯 숲속에 내렸다. 사방은 고요했다. 때때로 사람을 비웃는 듯한 박새의 지저귐만이 방울소리 울리듯 울려 퍼졌다. 숲속의 경치를 감상하던 나는 사냥꾼만이 맛볼 수 있는 호젓함에 부드러운 잠 속으로 빠져들었다.

얼마쯤 잠에 취해 있었을까. 눈을 떴을 때 나뭇잎 사이로 파란 하늘이 눈부시게 빛나며 숲속에 햇빛이 넘쳐흐르고 있었다. 나는 사냥이나 하려고 일어섰다. 그때 나뭇가지 사이로 그림처럼 미동도 없이 앉아 있는 사람이 눈에 띄었다.

시골 처녀였다. 그녀는 내게서 스무 걸음쯤 떨어진 곳에 앉아 있었다. 생각에 잠긴 듯 고개를 숙이고 두 손은 무릎 위에 얹고서. 한쪽 손에 들린 풍성한 들꽃 다발은 그녀가 숨을 쉴 때마다 조금씩 미끄러져 바둑무늬 치마 밑으로 흘러내렸다. 목과 손목에 단추를 채운 깨끗하고 새하얀 루바슈카가 그녀의 몸을 부드럽게 감싸고 있었고, 가슴에는 노란 목걸이가 두 줄로 늘어져 있었다.

그녀는 무척 아름다웠다. 숱이 많은 머리칼은 아름다운 은회색이었다. 빨간 머리띠 밑으로 단정히 빗어 내린 머리칼이 상아처럼 하얀 이마에 두 개의 반원으로 갈라져 있었다. 보드라운 피부는 황금빛으로 그을려 있었다.

그녀의 얼굴을 자세히 볼 수는 없었다. 좀처럼 고개를 들지 않았기 때문이다. 그러나 가늘고 아름다운 눈썹과 기다란 속눈썹만은 똑똑히 알아볼 수 있었다. 속눈썹은 촉촉이 젖어 있었다. 볼에서 입가에 흘러내린 한 줄기 눈물 자국이 햇빛에 반짝였다.

처녀는 보면 볼수록 아름다웠다. 조금 크고 둥그스름한 코까지도 눈에 거슬리지 않았다. 무엇보다 눈길을 끄는 것은 구김살 없고 앳된 얼굴 표정이었다. 그녀는 무척 슬픈 듯 보였지만 그 슬픔에는 천진난만함이 넘쳐흘렀다.

처녀는 누군가를 기다리는 모양이었다. 바스락 소리만 나도 고개를 들어 사방을 둘러보았다. 겁에 질린 사슴처럼 커다랗고 맑은 눈이 반짝였다. 처녀는 바스락 소리가 난 쪽을 바라보며 귀를 기울이다가 이내 한숨을 짓고 살며시 고개를 돌렸다.

아까보다 더 깊이 고개를 숙인 채 천천히 꽃을 고르기 시작하는 그녀의 눈가가 빨갛게 물들더니 입술이 바르르 떨렸다. 짙은 속눈썹 아래 매달려 있던 한 방울의 눈물이 흘러내려 볼 근처가 반짝 빛났다.

꽤 긴 시간이 흘렀다. 가련한 처녀는 동상처럼 꼼짝도 하지 않고 앉아서 여전히 귀를 기울이고 있었다. 또다시 숲속에서 바스락 소리가 났다. 흠칫 놀란 처녀의 어깨가 떨렸다. 바스락 소리는 끊이지 않고 점점 뚜렷하고 크게 들려왔다. 그 소리는 곧 민첩하고 믿음직스러운 발걸음 소리로 변했다. 처녀는 몸을 꼿꼿이 펴고 소리가 들려오는 쪽을 뚫어지게 바라보았다. 그러나 어쩐지 불안한 눈치였다. 그녀의 눈꼬리가 조바심으로 바르르 떨렸다.

마침내 수풀 속에서 사나이의 모습이 어른거렸다. 처녀는 얼굴을 붉히며 행복해 보이는 미소를 지었다. 처녀는 급작스럽게 몸을 일으키려다 다시 털썩 주저앉고 말았다. 그녀는 파랗게 질린 채 어쩔 줄 몰라 했다. 사나이가 옆에 와서 발을 멈추자 비로소 애원하는 듯한 눈을 들었다.

나는 호기심을 가지고 사나이를 바라보았다. 솔직히 말해서 그는 썩 좋은 인상은 아니었다. 그는 어느 모로 보나 부유하고 젊은 지주의 바람둥이 머슴처럼 보였다.

옷은 지나치게 화려했고 멋을 부리려고 애쓴 티가 역력했다. 틀림없이 주인한테서 물려받았을 청동색 짧은 외투에 끝을 보랏빛으로 장식한 장밋빛 넥타이를 매고 금테가 달린 검정 벨벳 모자를 눈썹 밑까지 눌러쓰고 있었다. 하얀 루바시카의 깃은 두 귀까지 올라와 있었고, 빳빳하게 풀을 먹인 소맷부리는 손등을 덮어 손가락 마디가 보이지 않을 정도였다. 손가락에는 물망초를 본뜬 터키옥이 박힌 금은 반지를 여러 개 끼고 있었다.

뻘겋고 번들거리는 얼굴은 나의 관찰에 의하면 거의 예외 없이 남자들에게는 반감을 샀지만 여자들은 그런 얼굴에 호감이 가는 모양이었다.

그는 사람을 멸시하는 듯한 거만한 표정을 지으려고 본래 조그마한 잿빛 눈을 더 가늘게 뜨면서 얼굴을 찌푸리는가 하면 입술 끝을 실룩거리기도 하고 일부러 하품을 하기도 했다. 그리고 거드름을 피우며 기분이 내키지 않는다는 듯 멋지게 꼬부라뜨린 관자놀이 털을 매만지기도 하고 두툼한 윗입술 위의 노란 콧수염을 잡아당겨 보는 둥 도저히 눈을 뜨고 볼 수 없을 정도로 거만을 떨며 걸었다.

건들거리며 처녀 곁으로 다가온 사나이는 잠시 그대로 서서 어깨를 한번 들썩이고는 두 손을 외투 주머니에 찔러 넣은 채 무관심한 눈길로 처녀를 바라보다 털썩 주저앉았다. 여전히 딴 곳을 바라보며 하품을 하던 그가 한쪽 다리를 건들거리며 물었다.

"오래 기다렸나?"

"예, 한참 기다렸어요. 빅토르 알렉산드리치."

한참 만에야 입을 뗀 처녀는 간신히 알아들을 수 있는 목소리로 대답했다.

"그래?"

모자를 벗은 그는 곱슬곱슬한 짙은 머리칼을 쓰다듬고 나서 거만하게 주위를 둘러본 뒤 다시 모자를 썼다.

"깜빡 잊었댔어. 게다가 비까지 쏟아져서 말이지!"

그는 다시 하품을 했다.

"일이 산더미처럼 많아. 제때 해 놓지 않으면 잔소리를 듣거든. 그건 그렇고 우린 내일 떠나."

"내일이라뇨?"

처녀는 놀란 눈빛으로 사내를 바라보았다.

"그래, 내일…. 이러지 마, 제발!"

처녀가 말없이 고개를 숙이고 어깨를 들썩이자 그는 불쾌한 감정을 숨기지 않고 목소리를 높였다.

"아쿨리나! 제발 울지 좀 마. 내가 제일 싫어하는 짓이 라는 걸 너도 잘 알잖아?"

사내는 뭉툭한 콧등에 주름을 모으며 인상을 썼다.

"그렇게 자꾸 울면 난 갈 거야! 툭하면 훌쩍훌쩍 바보같이 울기나 하고!"

"네, 울지 않을게요."

아쿨리나는 가까스로 울음을 삼키며 재빨리 물었다.

"정말 내일 떠나시는 거예요?"

대꾸가 없자 다시 물었다.

"그럼, 이제 언제나 만나게 될까요, 빅토르 알렉산드리치?"

"만나게 될 거야. 내년 아니면 후년쯤. 주인은 페테르부르크에서 일을 하려는 것 같아."

그는 약간 코멘소리로 무뚝뚝하게 말을 계속했다.

"어쩌면 외국으로 갈지도 모르고."

"당신은 저를 곧 잊어버릴 테지요."

아쿨리나의 표정이 한없이 서글퍼 보였다.

"잊어버리다니, 난 잊지 않을 거야. 그런데 너도 이제 철좀 들라고. 바보 같은 짓은 하지 말고, 아버지 말씀도 잘듣고…. 어쨌든 난 너를 잊지 않을 거야. 잊지 않고말고."

그는 허리를 펴고 다시 하품을 했다.

"저를 잊지 마세요, 빅토르 알렉산드리치."

그녀는 애원하는 목소리로 말을 이었다.

"저는 어쩌다가 당신을 이렇게 사랑하게 되었을까요? 세상의 모든 것이 당신을 위해서만 있는 것 같아요. 당신은 아버지 말씀을 들으라고 하시지만 제가 어떻게 아버지 말씀을 들을 수 있겠어요?"

"아니, 왜?"

팔베개를 하고 누운 그는 짜증이 섞인 목소리로 물었다.

"그건 당신도 잘 아시잖아요?"

"아쿨리나, 그런 바보 같은 말은 그만둬. 나는 너를 위해 그러는 거야. 너는 아주 촌뜨기는 아니지만 어쨌든 교육을 받지 못했으니 남이 가르쳐 주면 그걸 잘 따라야 해."

"하지만 전 무서워요."

"멍청한 소리 좀 하지 마. 대체 무엇이 무섭단 거야?"

처녀 곁으로 다가가며 그가 물었다.

"꽃인가?"

"네, 꽃이에요."

아쿨리나는 힘없이 대답했다.

"들에서 모과 잎을 따 왔어요."

그녀의 목소리에 생기가 돌았다.

"이것은 송아지에게 먹이면 좋아요. 그리고 이것은 금잔화예요. 습진에 잘 듣는대요. 자, 보세요. 참 예쁘죠? 이것은 물망초고요. 이것은 향기 진한 오랑캐꽃, 또 이것은 당신 드리려고 땄어요. 드릴까요?"

그녀는 노란 모과 잎 밑에서 가는 풀로 묶은 파란 들국화 다발을 꺼냈다.

빅토르는 천천히 손을 뻗어 이것저것 냄새를 맡고는 아무 말 없이 거만한 표정으로 하늘을 바라보며 꽃다발을 손가락으로 빙글빙글 돌리기 시작했다. 아쿨리나는 사내를 물끄러미 바라보았다. 그녀의 슬픈 눈길에는 몸과 마음을 다 바쳐서 신처럼 숭배하고 복종하겠다는 갸륵한 정성이 깃들어 있었다. 그러나 사내는 술탄처럼 거드름을 부리며 드러누워 내려다보는 그녀의 눈길을 외면한 채 깊은 생각에 잠긴 듯한 표정을 하고 있었다.

나는 치밀어 오르는 분노를 간신히 억누르며 그 불그

죽죽한 얼굴을 유심히 바라보았다. 사람을 멸시하는 듯한 위장된 무표정 속에서 자기만족의 자만심이 넘쳐흐르고 있었다. 그녀는 정열에 불타는 표정으로 애절한 사랑을 숨김없이 호소하고 있었다. 그러나 사내는 꽃다발을 풀 위에 던지듯 밀어 놓고 주머니에서 청동 테를 두른 둥근 유리알을 꺼내 한쪽 눈에 끼려고 했다. 눈썹을 찌푸리고 볼과 코까지 씰룩거리며 끼우려고 애썼지만 번번이 빠져나와 손바닥에 떨어졌다.

"그게 뭐예요?"

아쿨리나가 놀라운 표정으로 물었다.

"외알 안경이야."

"뭘 하는 거예요?"

"더 똑똑히 볼 수 있지."

"어디 좀 보여 주세요."

빅토르는 얼굴을 찌푸리면서 안경을 건넸다.

"깨뜨리면 안 돼, 조심해."

"걱정 마세요, 깨뜨리지 않을게요."

아쿨리나는 조심스레 안경을 눈으로 가져갔다.

"아무것도 안 보이는데요."

그녀는 천진하게 말했다.

"눈을 가늘게 떠야지."

그는 마치 학생을 가르치는 스승 같은 어투로 말했다. 아쿨리나는 안경을 대고 있는 눈을 가늘게 떴다.

"아니, 그쪽이 아냐. 바보 같으니…. 이쪽이란 말이야."

빅토르는 소리치며 아쿨리나가 미처 안경을 고쳐 쥐기도 전에 빼앗아 버렸다.

아쿨리나는 얼굴을 붉히며 수줍은 미소를 띤 채 고개를 돌렸다.

"아무래도 나 같은 사람이 가질 것은 못되는군요."

"물론이지!"

가엾은 아가씨는 입을 다물고 깊은 한숨을 쉬었다.

"당신이 떠나시면 전 어떻게 될까요?"

빅토르는 옷자락으로 안경을 닦은 뒤 다시 외투 주머니에 집어넣었다.

"얼마 동안은 괴롭겠지, 괴로울 거야."

빅토르는 안됐다는 듯이 그녀의 어깨를 두드렸다. 그

러자 그녀는 어깨 위의 그의 손을 살며시 잡고서 입을 맞추었다.

"넌 정말 착한 아가씨야. 암, 그렇고말고."

그는 만족한 표정을 지으며 말을 계속했다.

"그렇지만 별도리가 없잖아? 너도 잘 생각해 봐! 주인 나리나 나나 여기 이대로 남아 있을 순 없잖아? 이제 곧 겨울이 닥칠 텐데, 시골의 겨울이란 정말 견딜 수 없거든. 그러나 페테르부르크라면 다르지! 그곳에 가면 모두 신기한 것뿐이야. 아마 너 같은 시골뜨기는 꿈에도 생각하지 못할 거야. 근사한 집이며 거리, 교양 있는 상류사회 사람들…. 정말 눈이 돌 지경이거든!"

아쿨리나는 순진한 어린애처럼 일을 벌린 채 그의 이야기를 열심히 듣고 있었다.

"네게 이런 말을 한들 무슨 소용이 있겠어. 내 말을 이해하지도 못할 텐데."

"저도 알아요. 다 안다고요."

"그렇다면 다행이군!"

아쿨리나는 눈을 내리떴다.

"예전의 당신은 이렇게 말하지 않았는데."

"예전에 내가 어땠는데? 무슨 소릴 하는 거야?"

빅토르는 성난 목소리로 말했다. 잠시 침묵이 흘렀다.

"이제 그만 가 봐야겠어."

빅토르는 일어서려고 팔꿈치를 세웠다.

"잠시만, 잠시만 더 같이 있어 줘요."

아쿨리나는 애원하듯이 말했다.

"뭘 더 같이 있어? 작별 인사도 끝났는데."

"잠시만, 잠시만요. 빅토르 알렉산드리치."

아쿨리나는 같은 말을 되풀이했다.

빅토르는 다시 벌렁 드러누우며 휘파람을 불기 시작했다. 아쿨리나는 그에게서 눈을 떼지 않았다. 그녀가 점점 흥분하고 있다는 것이 여실히 드러났다. 입술이 바르르 떨렸고 파리했던 두 볼은 분홍빛으로 달아올랐다.

"빅토르 알렉산드리치."

그녀는 분명한 목소리로 또박또박 말했다.

"당신은 정말 너무해요, 너무해요."

"뭐가 너무하다는 거야?"

사내는 얼굴을 잔뜩 찌푸리고 몸을 반쯤 일으켜 세우며 그녀에게로 고개를 돌렸다.

"너무해요. 떠나는 마당에 단 한마디라도 좀 따뜻한 말을 해 주시면 안 되나요? 단 한마디라도. 의지할 데 없는 가엾은 저에게요."

"아니 무슨 말을 하라는 거야?"

"몰라요. 그런 건 당신이 더 잘 아실 텐데요. 떠나는 마당에 한마디쯤…. 내가 왜 이런 일을 겪어야 한담?"

"정말 넌 알 수 없구나. 날더러 무슨 말을 하라는 거야?"

"단 한마디라도 좋으니…."

"같은 말만 되풀이하는군."

사내는 짜증을 내며 벌떡 일어섰다.

"화내실 건 없잖아요, 빅토르 알렉산드리치."

그녀는 울먹이면서 대꾸했다.

"화내는 거 아냐. 네가 바보 같은 소리만 하니까…. 도대체 어떻게 하란 말이야? 내가 너하고 결혼할 수는 없잖아. 안 그래? 그런데 나더러 뭘 어떻게 하라는 거야?"

그는 얼굴을 들이대고 그녀를 바라보았다.

"전 아무것도 바라지 않아요."

그녀는 떨리는 두 손을 빅토르에게 내밀며 간신히 입을 열었다.

"그저 작별하는 마당에 한마디만이라도…."

아쿨리나의 눈에서는 눈물이 비 오듯 흘러내렸다.

"또 눈물을 흘리는군."

그녀는 두 손으로 얼굴을 가리고 흐느끼면서 말했다.

"당신을 떠나보내야 하는 제 심정을 생각해 보세요. 저는 앞으로 어떻게 해야 하죠, 네? 아버지의 말씀에 따라 마음에도 없는 사람에게 시집을 가야 할까요? 아아, 나는 왜 이렇게 불행할까?"

"쓸데없는 소리만 하는군!"

빅토르는 걸음을 옮기며 나직한 소리로 내뱉었다.

"그렇지만, 단 한마디. 다정한 말 한마디쯤은 해 줄 수 있을 텐데….."

그녀는 설움이 복받쳐 올라 말을 맺지 못했다. 그녀는 풀밭에 얼굴을 파묻고 애절하게 흐느껴 울기 시작했다. 그녀의 온몸이 물결치듯 들먹거렸다. 오랫동안 참고 참아온 슬픔이 드디어 폭포처럼 터지고 만 것이었다. 잠시 동안 아쿨리나를 내려다보던 빅토르는 어깨를 들썩하더니 곧 돌아서서 성큼성큼 발걸음을 옮겼다.

얼마쯤 울던 아쿨리나는 울음을 멈추고 고개를 들었다. 벌떡 일어나 주위를 둘러본 그녀의 얼굴이 하얗게 질렸다. 그를 따라가려던 그녀는 다리가 휘청거려 넘어지고 말았다. 보다 못한 나는 그녀에게 다가갔다. 그러자 그녀는 어디서 그런 힘이 솟았는지 번개같이 일어나 가냘픈 비명을 지르고 황급히 나무 뒤로 자취를 감추고 말았다. 그녀가 앉았던 풀밭에는 꽃잎들이 쓸쓸히 흩어져 있었다.

나는 잠시 멍하니 서 있었다. 나는 꽃다발을 주워 들고 숲을 지나 벌판으로 나왔다. 저녁놀이 서쪽 하늘을 천천히 물들이고 있었다. 거센 바람이 추수를 끝낸 누런 밭두렁을 거쳐 정면으로 휘몰아쳤다. 공중으로 날아오른 조그마한 가랑잎 하나가 내 곁을 스쳐 지나 길 건너 숲을 따라 날아갔다.

나는 서글픈 생각이 들어 걸음을 멈추었다. 시들어 가는 대자연의 서글픈 미소 속에 우울한 겨울의 공포가 스미는 듯했다. 겁 많은 까마귀 한 마리가 요란스럽게 날개를 펄럭이면서 머리 위로 날아 올라갔다. 까마귀는 고개를 돌려 힐끗 나를 바라보더니, 날쌔게 하늘 높이 솟아올라 깍깍 우짖으며 숲속으로 사라졌다. 정미소에 날아든 수많은 비둘기 떼들이 나직이 떼를 지어 맴돌다가 들판으로 산산이 흩어졌다.

이제는 가을빛이 완연했다. 빈 달구지가 벌거숭이 언덕을 지나는 소리가 요란스럽게 들려왔다. 나는 집으로 돌아왔다. 그러나 가련한 아쿨리나의 모습은 좀처럼 내 머리에서 사라지지 않았다. 그녀의 들국화 꽃다발은 오래전에 이미 시들었지만 나는 지금껏 그 꽃다발을 고이 간직하고 있다.

이별까지 사랑이다

딸　이별 앞에서 아쿨리나가 원했던 것은 그저 따뜻한 말 한마디뿐이었는데….

자작나무 숲에서의 밀회는 이별을 통보 받는 만남이었어. 순진하고 아름다운 시골 처녀 아쿨리나는 풍성한 들꽃 다발을 들고 애를 태우며 빅토르를 기다리지. 눈을 뜨고 볼 수 없을 정도로 거만을 떨며 나타난 빅토르는 털썩 주저앉으며 도시로 떠난다고 해.

따뜻한 작별 인사를 기대하며 아쿨리나는 눈물을 흘리지만 빅토르는 건들거리며 성의 없는 위로를 할 뿐이야. 그러고는 이별을 슬퍼하는 아쿨리나는 아랑곳지 않고 매정하게 떠나 버려.

만남도 이별도 쉬운 시대가 되었지만 시대와 상관없이 꼭 지켜야 할 게 있어. 사랑의 시작은 신중하게 사랑의 끝은 겸손하게!

남자 주인공 빅토르처럼 사람들은 타오르던 사랑의 불꽃이 꺼지면 그 순간 사랑이 끝났다고 생각하지. 내 마음이 식었다고 사랑이 끝난 게 아니야. 상대가 아직 나를 사랑하고 있다면, 아직 이별을 받아들일 준비가 되어 있지 않다면 그 사랑은 끝난 게 아니니까.

이별은 혼자 하는 게 아니야. 상대가 이별을 받아들이고 나와 사랑했던 시간과 함께했던 추억들을 아름답게 간직할 수 있도록

아빠　사랑을 할 때는 시대와 상관없이 지켜야 할 게 있어. 사랑의 시
　　　작은 신중하게 사랑의 끝은 겸손하게!

최선을 다해 노력하는 일까지, 그러니까 '이별까지 사랑'이라는
것을 알아야 해. 그것이 내가 사랑했던 사람에 대한 예의이고, 내
가 사랑했던 시간에 대한 예의니까.

　더 이상 사랑하지 않게 된 사람에게 어떻게 최선을 다하느냐
고? "네가 좋아. 우리 사귀자." 설렘과 두려움을 안고 용기를 내
사랑을 고백했다면 이별할 때도 용기를 내 최선을 다해야 하지
않을까? 사랑이 끝나는 순간은 내 마음이 떠났을 때가 아니야.
함께했던 시간을 소중한 추억으로 아름답게 간직하기로 하고 서
로 이별을 받아들이는 순간까지가 사랑이라는 것을 명심해야 해.
그래야만 내가 떠나보내야 하는 사람이 이별의 아픔을 아낌없이
사랑했던 시간에 대한 존중으로 바꾸어 낼 수 있단다.

　그리고 사랑했던 사람의 추억 속에 영원히 아름다운 사람으로
남고 싶다면 최선을 다해 노력하며 살아야 해. 어느 날 인생의 한
모퉁이에서 우연히 마주쳤을 때 "아, 당신은 멋진 인생을 살고 있
군요."라고 느낄 수 있도록 말이야. "당신과 함께했던 날들은 내
인생 최고의 순간이었어요."라며 꼭 안아 주고 싶을 만큼 말이지.

차가운 포옹

메리 엘리자베스
브래든

그는 예술가였다. 어려서 부모를 잃고 고아가 된 그는 빌헬름 숙부의 집에서 자랐다. 조각같이 수려한 외모와 뛰어난 말솜씨를 지닌 그는 많은 이들의 사랑을 받으며 재능과 열정을 두루 갖춘 화가로 성장했다. 그러나 무모하리만치 열정적인 그의 가슴속에는 비밀스러운 욕망이 똬리를 틀고 있었고, 냉혹함도 감춰져 있었다.

그런 그를 사촌 여동생 게르트루데가 사랑했다. 그도 그녀에게 사랑을 맹세했다. 그 사랑의 맹세는 진심이었을까? 물론 당시에는 그랬으리라. 하지만 열정적인 사랑은 곧 사그라졌다.

그가 열아홉 살 무렵 안트베르펜의 위대한 화가 밑에서 그림을 배우다 숙부 댁이 있는 브라운슈바이크로 막 돌아왔을 때까지만 해도 그는 게르트루데를 진심으로 사랑했다. 장밋빛 노을 아래에서, 순백의 달빛 아래에서, 아침 이슬이 반짝이는 들길을 거닐며 사랑을 속삭이던 두 사람의 모습은 얼마나 아름다웠던가!

그러나 그들의 사랑은 아무도 모르는 비밀이었다. 빌헬름 숙부가 외동딸을 부유한 구혼자와 맺어 주고 싶어 했기 때문이다.

어느 저녁, 두 사람은 황금빛 석양으로 물든 들판에 마주 보고 서서 비밀약혼식을 올렸다. 그는 게르트루데의 희고 가녀린 손가락에 약혼반지를 끼워 주었다. 황금빛 뱀이 자기 꼬리를 물고 있는 독특한 장식의 반지였다. 예로부터 자기 꼬리를 물고 있는 뱀의 형상은 영원을 상징했다.

"게르트루데, 이 반지는 어머니의 유품이야. 나는 천 개의 비슷한 반지 가운데서도 이 반지를 바로 찾아낼 수 있어. 설령 눈이 멀어 앞을 보지 못한다 해도 촉감만으로도 정확히 구별해 낼 수 있지."

그들은 어떤 고난이 닥쳐도, 가난하든 부유하든 영원히 사랑하겠노라 맹세했다. 게르트루데가 두 팔로 그의 목을 껴안으며 귓가에 속삭였다.

"죽음이 우리를 갈라놓을지라도 영원히 당신을 사랑할 거예요."

그도 게르트루데의 귓가에 속삭였다.

"죽음이 우리를 갈라놓을 수 있을까? 나는 무덤에서라도 네게 돌아올 거야, 게르트루데. 죽어서도 사랑하는 네 옆에 있고 싶으니까. 그리고 네가 나보다 먼저 죽는다 해도 차가운 대지가 너를 가둬 두진 못할 거야. 나를 사랑하는 너도 나에게 돌아와 지금처럼 이 아름다운 두 팔로 내 목을 껴안을 테니까."

게르트루데는 호수같이 깊고 푸른 눈동자로 그를 바라보며 말했다.

"신의 은총 속에서 평화롭게 죽은 사람은 천국으로 들어가기 때문에 고난으로 가득한 이 세상에 돌아올 수 없어요. 오직 자살한 사람만이 천국의 문 앞에서 내쳐져 저승에도 들지 못하고 이승을 떠돌며 산 자의 그림자를 따라다닌답니다."

　약혼한 지 1년이 지났을 무렵이었다. 라파엘로와 티치
아노, 구이도의 작품을 복제해 달라는 어느 부자의 의뢰
를 받은 피렌체의 한 화랑에서 그에게 그 일을 맡아 달라
는 요청을 해 왔다. 그는 주저 없이 이탈리아로 떠났고,
게르트루데는 홀로 남겨졌다. 그녀는 그가 위대한 화가
로서의 명성을 얻고 돌아올 것이라고 위안을 삼으며 그
리움과 외로움을 참고 견뎠다.

　그가 떠나고 몇 주, 몇 달이 흘렀다. 자주 오던 편지는
차츰 뜸해지더니 뚝 끊겼다. 피치 못할 사정이 있을 거라
고, 나를 잊은 건 아닐 거라고 수없이 되뇌며 하얗게 밤
을 새운 날이 얼마던가! 멀리 떨어진 우체국을 오간 날은

또 얼마던가! 얼마나 숱한 희망을 품었다가 낙담했던가! 얼마나 많은 절망의 눈물 속에서 기어이 다시 희망의 꽃을 피웠던가!

그 안타까운 기다림마저 포기해야 하는 비극이 닥쳤다. 구혼자가 나타난 것이었다. 그것도 아버지가 원하는 부유한 구혼자가. 아버지는 서둘러 결혼 날짜를 잡았다. 6월 15일.

그 날짜를 생각하면 그녀는 벼락이라도 맞은 듯 머릿속이 타들어갔다. 그러나 아직 5월 중순이었다. 시간은 있다. 그가 브라운슈바이크로 돌아올 수 있는 시간은 충분했다. 그녀는 그에게 편지를 썼다.

사랑하지 않는 사람과의 결혼 날짜가 잡혔다고. 그러니 어서 돌아와 비탄에 빠진 자기를 구해 달라고. 사랑하는 사람은 오직 당신뿐이니 함께 어디론가 도망치자고.

그에게서는 답장이 오지 않았다. 물론 돌아오지도 않았다. 하루하루가 지옥 같은 나날이었음에도 며칠, 몇 주가 야속하게도 쏜살같이 지나갔다. 게르트루데는 마냥 기다릴 수만은 없어 매일같이 우체국으로 갔다.

6월 14일.

그녀는 마지막으로 작은 우체국에 갔다. 우체국 직원이 서글픈 표정을 지으며 한 말은 그녀를 헤어 나올 수 없는 절망의 늪에 빠뜨렸다.

"아니오, 편지 온 게 없습니다."

이제 실낱같은 희망도 사라졌다. 내일이면 결혼식이다. 그녀의 아버지가 애원을 들어줄 리 없다. 부유한 구혼자가 간절한 청을 들어줄 리도 없다. 그들은 단 하루도, 아니 단 한 시간도 결혼식을 늦추지 않을 것이다. 그녀의 의지대로 할 수 있는 시간은 오늘, 오직 오늘 하룻밤뿐이었다.

그녀는 집으로 가지 않고 다른 길로 접어들었다. 넋이 나간 채 허정허정 도시의 골목들을 지나 그녀가 다다른 곳은 강물이 유유히 흐르는 강가였다. 그녀는 해질 무렵이면 종종 그와 나란히 서서 노을빛으로 물드는 강물을 바라보던 다리 위로 올라갔다. 강물에 비친 쓸쓸한 별빛만이 그녀를 맞아 주었다.

6월 15일.

그가 브라운슈바이크로 돌아왔다. 그는 숙부 댁으로 곧바로 가지 않고 바로 전날 밤 게르트루데가 별빛 아래 서 있던 그 다리를 건넜다.

그는 그녀의 마지막 편지를 받았다. 눈물과 애원과 절망으로 얼룩진 편지를. 그러나 그는 매력적인 피렌체 모델 아가씨에게 마음을 빼앗긴 지 이미 오래였다. 게르트루데에게 부유한 구혼자가 생겼다니 결혼하게 놔두는 편이 그녀를 위해서나 자신을 위해서나 잘된 일이라고 생각했다. 그는 결혼에 얽매이고 싶은 생각이 없었다. 이미 예술에 얽매이지 않았는가? 그에게 영원한 신부이자 변함없는 연인은 예술이었다. 그래서 일부러 결혼식 날 브라운슈바이크에 도착한 것이었다. 결혼식이 끝난 뒤에 자기가 나타난들 게르트루데로서도 어쩔 수 없을 것이라고 생각했다.

그렇다면 그 맹세, 무덤 속에서라도 사랑하는 사람에게 돌아와 옆에 있겠다던 그 영원한 사랑은 어찌된 것일까. 그것은 이미 그의 기억 속에서 사라져 버렸다. 그 사랑의 맹세는 철없던 시절의 헛된 꿈일 뿐이었다.

스케치북을 옆구리에 끼고 한가로이 다리를 건너 강가로 내려가는 그의 뒤를 털이 텁수룩하고 덩치가 커다란 뉴펀들랜드 종 개 한 마리가 따랐다. 눈길을 던지는 곳마다 예술가의 시선을 사로잡았다. 멈춰 선 그는 강둑의 잡초와 조약돌, 가지를 강가에 드리운 버드나무를 스케치했다. 흡족한 마음으로 들여다보고 스케치북을 덮은 그는 흥겨운 노래를 흥얼거리며 걸었다. 그러다가 갑자기 다시 스케치북을 펼쳤다. 예술가의 시선을 잡아끈 것은 두 명의 어부였다. 두 어부는 낡은 돛천으로 덮인 시체 한 구를 변변찮은 들것에 싣고 가고 있었다.

"뭐하는 거지? 애도하는 사람이 없으니 장례식은 아닌 것 같은데."

그들은 강둑에 들것을 내려놓았다. 한 명은 들것 앞에 서 있고 다른 한 명은 뒤쪽에 털썩 주저앉았다.

"음, 구도가 완벽하군."

서둘러 스케치를 마친 그는 그들에게 다가가 물었다.

"안녕하시오. 누가 물에 빠져 죽었습니까?"

"그렇소. 가엾게도 아주 예쁘게 생긴 젊은 아가씨라오."

시체를 덮고 있는 거친 천을 잠시 바라보던 그는 물에 빠져 죽은 아름다운 여인을 그림에 담고 싶어졌다. 그가 자신을 화가라고 밝히며 얼마간의 돈을 건네자 어부들은 돈을 받고 들것에서 멀찌감치 떨어졌다. 거칠고 축축한 돛천을 천천히 걷어 올린 그는 자신의 눈을 의심했다.

'아니, 이게 누구야?'

게르트루데였다.

한때 그에게 기쁨과 행복을 안겨 주었던 그의 사촌이 자 약혼녀.

차가운 가슴에 포개져 있는 그녀의 왼손 세 번째 손가락에 끼워진 반지가 그의 눈에 들어왔다. 어머니의 유품인 그 반지가. 눈이 멀어 앞을 보지 못한다 해도 촉감만으로 알아낼 수 있다고 자신 있게 말하던 황금빛 뱀이 장식된 그 반지가.

냉혹한 예술가 청년에게 슬픔은 어울리지 않는 법인가! 그의 머릿속에는 이 저주받은 도시에서, 이 끔찍한 강가에서 멀리 떨어진 곳, 사촌 게르트루데와의 추억에서 벗어날 수 있는 곳이면 어디로든 도망치고 싶다는 생각뿐이었다.

허둥지둥 강가를 떠난 그는 줄곧 걸었다. 헐떡이며 뒤따르던 개가 그의 발치에 벌렁 드러누웠다. 기진맥진한 그도 길가에 털썩 주저앉았다. 사방은 어느새 저녁 어스름이 깔리고 있었다. 그는 그제야 브라운슈바이크에서 수십 킬로미터 떨어진 곳까지 걸었다는 사실을 알아차렸다. 아침에 그린 스케치북을 펴자 두 어부와 돛천으로 덮인 들것이 타오르는 불꽃이 되어 번뜩거렸다. 그 순간 눈앞의 나무가, 강둑이, 저녁 하늘이 빙빙 돌았다. 그는 재빨리 스케치북을 덮었다.

한가로운 여행객인 양 한참을 길가에 앉아 개와 장난을 치고 빈둥거려 보지만 그의 머릿속에서는 아침에 그린 스케치의 장면이 떠나지 않았다. 그는 아침에 겪은 일에서 벗어나려고, 축축한 돛천에 덮인 게르트루데의 차가운 얼굴을 떨쳐 버리려고 애쓰며 생각했다.

'게르트루데가 죽긴 했지만 어제보다 오늘이 특별히 더 나쁠 것은 없다. 나의 천재성이 사라진 것도 아니다. 나

자신의 주인은 나다. 내가 원하는 곳은 어디든 갈 수 있다. 피렌체에서 번 돈도 주머니에 두둑하니 브라운슈바이크에서 멀리 떨어진 곳으로 가자.'

그는 다시 걷기 시작했다. 덜컹거리며 달려오는 마차 소리가 들렸다. 소리쳐 마차를 세웠다. 온천으로 유명한 휴양지 아헨으로 가는 마차였다.

'아헨에 가서 며칠 쉬고 쾰른으로 가자.'

휘파람을 불어 개를 부른 그는 마차에 뛰어올랐다. 아헨으로 가는 기나긴 밤 동안 그는 한숨도 자지 못했다. 어제 아침부터 한 모금의 물도 마시지 못했다는 것이 떠올랐다.

아침이 되어 잠에서 깬 다른 승객들이 서로 이야기를 주고받자 그도 대화에 끼어들었다. 자신을 화가라고 소개한 그는 루벤스가 그린 걸작을 복제하러 쾰른에 가는 길이라고 열에 들떠 떠들어 대다 마차 바닥에 짐짝처럼 쓰러졌다.

열병에 걸린 그는 6주 동안 아헨의 한 호텔에 누워 지내야 했다. 그러는 바람에 가진 돈도 거의 다 써 버렸다.

기운을 차린 그는 마차 삯을 아끼기 위해 걸어서 쾰른으로 가기로 마음먹고 호텔을 나섰다. 그의 뒤를 충직한 개가 뒤따랐다. 예전 모습을 되찾은 예술가 청년은 여기저기 멈춰 서서 스케치를 하기도 하고 개와 앞서거니 뒤서거니 걸으며 콧노래를 흥얼거리기도 했다. 이제 사촌 여동생의 죽음 따위는 까맣게 잊었다. 그는 행복했다.

쾰른에 도착한 그가 멈춰 선 곳은 대성당 앞이었다. 밤 11시를 알리는 시계 종소리가 울렸다. 하늘을 찌를 듯 우뚝 서 있는 웅장한 성당은 달빛을 받아 신비롭기 그지없었다. 장엄한 아름다움에 매혹된 예술가는 넋을 잃고 서서 한참을 바라보았다.

갑자기 누군가가 등 뒤에서 두 팔로 그의 목을 감쌌다. 두 팔은 오싹하리만치 차가웠다. 환한 달빛으로 가득한 대성당 앞 광장에는 두 개의 그림자만 있을 뿐이었다. 그와 개.

그는 휙 돌아보았다. 아무도 없었다. 목을 감싼 차가운 팔 역시 보이지 않았다. 그러나 여전히 느껴졌다. 감촉도 분명히 느껴졌다.

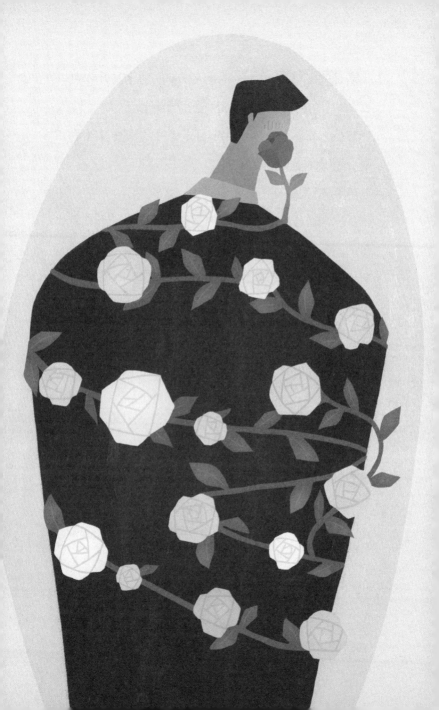

'환상인가? 감촉이 느껴지는 걸 보면 환상은 아니야! 그렇지만 아무도 없잖아! 사람 팔이 아니야!'

차가운 포옹을 떨쳐 버리려 애를 쓰며 지르는 그의 절규가 광장에 울려 퍼졌다.

"떨어져! 떨어지라고!"

그는 차가운 손을 목에서 떼어 놓으려고 꽉 움켜쥐었다. 길고 가녀린 손가락은 섬뜩하리만치 차갑고 축축했다. 순간 그의 손이 감전이라도 된 듯 뻣뻣하게 굳었다.

'그 반지다!'

어머니의 유품, 황금빛 뱀이 장식된 반지가 만져졌다. 천 개의 반지 중에서 촉감만으로도 정확히 가려낼 수 있다고 자신 있게 말하던 그 반지였다.

'왼손 세 번째 손가락…? 그렇다면 이 차가운 팔은… 이 차가운 손은… 물에 빠져 죽은 게르….'

차가운 손은 여전히 그의 목을 끌어안고 있었다.

"이리 와, 레오!"

그는 두 팔을 벌리고 미친 듯이 소리쳤다.

"뛰어, 뛰라고!"

개가 펄쩍 뛰어올랐다. 그러나 앞발이 그의 어깨에 닿는 순간 개는 무섭게 짖으며 주인에게서 멀리 물러났다. 순찰을 돌던 경비원이 개 짖는 소리를 수상히 여기고 광장으로 들어섰다. 차가운 손은 이내 사라졌다. 그는 호텔까지 동행해 준 경비원에게 돈을 건넸다. 얼마 남지 않은 돈의 반이라도 기꺼이 주고 싶을 만큼 고마웠다.

죽은 자의 포옹은 계속될 것인가!

그 밤 이후 그는 혼자 있지 않으려고 애썼다. 만나는 사람들마다 사귀고 호텔방도 어느 학생과 함께 썼다. 어디에서라도 혼자 남겨지면 거리로 달려 나갔다. 사람들은 그런 그를 미쳤다고 생각했다. 그러나 아무리 기를 써도 그는 혼자 남겨졌다.

어느 날 밤, 호텔 라운지를 둘러보니 또 혼자였다. 그는 애써 태연한 표정으로 거리로 나왔다. 그날따라 거리에도 아무도 없었다. 역시 그의 목을 차가운 팔이 감싸 안았다. 개를 불렀지만 가여운 짐승은 한 번 짖고는 꽁무니를 사린 채 낑낑댔다.

다음 날 그는 쾰른을 떠나 파리에 가기로 결정했다. 이제 돈도 얼마 남지 않아 마차도 탈 수 없었다. 그는 걸어서 파리로 향했다. 여행자들과 어울리고 돈을 벌기 위해 대도시 파리로 가는 사람들과 나란히 걸으며 아침부터 밤까지 사람들과 함께 있으려고 애를 썼다. 밤이면 사람들 속에 섞여 있으려고 여인숙 식당 난롯가 의자에서 잠을 청했다. 그러나 그는 수시로 혼자 남겨졌다. 그럴 때마다 어김없이 차가운 팔이 목에서 느껴졌다.

그렇게 가을이 가고 겨울이 가고 이른 봄이 왔다. 그사이 그는 쇠약해질 대로 쇠약해져 예전의 모습은 흔적만 남았다. 돈도 거의 바닥났다. 몸과 마음이 완전히 망가진 상태로 그는 파리 근교에 도착했다.

'파리는 지금 사육제 기간이니 절대 혼자 남겨지는 일은 없을 것이다. 소름 끼치는 차가운 포옹도 느끼지 않겠지. 건강을 되찾아 다시 그림을 그리면 예술가로서의 명성도 얻고 돈도 벌 수 있을 것이다.'

그는 파리에서의 부와 명예를 꿈꾸며 지친 발걸음을 간신히 떼어 놓았다.

마침내 파리에 도착했다. 태어나 처음으로 와 본 파리

는 그에게 꿈의 도시였다. 그는 사람들로 북적이는 도시 파리에서라면 끔찍하고 지긋지긋한 차가운 팔도 나타나지 않을 것이라고 믿었다.

사육제의 흥겨움이 절정에 오른 그날 밤 파리는 빛과 음악과 소란스러움으로 뒤엉켜 있었다. 그는 눈앞에서 쉼 없이 일렁이는 빛과 귀가 먹먹할 정도로 울려 대는 음악, 어수선한 분위기에 머리가 빙빙 돌았다.

삼삼오오 몰려가는 사람들 뒤를 그도 따라갔다. 가장 무도회가 열리고 있는 오페라 극장이었다. 그는 주머니를 뒤져 입장권을 사고 두건과 작은 가면이 달린 도미노 가장복을 빌려 초라한 옷에 걸쳤다.

극장 안으로 들어가자 기괴하고 화려한 가면을 쓴 사람들이 춤을 추고 있었다. 그는 흥분의 도가니에 휩싸인 오페라 극장 무도회 한복판에 뒤섞였다. 흥분한 사람들의 외침과 춤이 그의 어둠과 외로움을 날려 보냈다. 언제부턴가 아름다운 숙녀가 그의 팔에 팔짱을 끼고 있었다.

떠들썩한 분위기에 젖은 그는 예전의 쾌활함을 되찾은 것만 같아 기뻤다. 생각해 보니 그는 어제 점심때부터 물한 모금 마시지 않았다. 그러나 목이 마른지도 배가 고픈지도 몰랐다. 아담한 체구의 숙녀는 기진맥진해 서 있는 것조차 힘들어 보이는 그의 어깨에 살며시 손을 얹었다.

춤추던 사람들이 하나둘 자리를 뜨기 시작했다. 샹들리에 불빛도 하나둘 꺼졌다. 어느새 날이 밝는지 어렴풋한 빛에 드러난 사물들은 파리하고 음산해 보였다. 살짝 열려진 문틈 사이로 새벽빛이 스며들자 별빛처럼 빛나던 숙녀의 눈동자가 서서히 희미해져 갔다.

'찬란하던 눈빛이 저렇게 빛을 잃다니!'

그는 서글픈 눈빛으로 그녀의 얼굴을 바라보았다. 발그레하던 그녀의 얼굴이 창백했다.

'얼굴이 어느새 이리 창백해졌을까?'

얼굴은 점점 창백해지더니 윤곽만 남았다. 곧 윤곽마저도 사라졌다.

커다란 무도회장에 그 혼자 남겨졌다. 다시 차가운 팔이 그의 목을 감쌌다. 그가 떨쳐 버리려고 하면 할수록 더욱 세게 휘감았다.

'아! 이 차가운 손길에서 벗어나기란 죽음에서 벗어나

기보다 더 어렵구나.'

그가 뒤를 돌아보았다. 텅 빈 무도회장에는 자기밖에 없었다. 그러나 그는 길고 가녀린 손가락을, 어머니의 반지를 느낄 수 있었다.

'주검처럼 차갑지만 아, 얼마나 강렬한 느낌인가!'

이제 그는 포옹을 떨쳐 버리려고 하지 않았다.

얼마쯤 지났을까. 사람들이 모두 떠났는지 확인하기 위해 관리인들이 손전등을 들고 오페라 극장에 나타났다. 극장 계단에서 낑낑대고 있던 커다란 개가 그들의 뒤를 따랐다. 출입구에 다다른 그들은 뭔가에 걸려 휘청거렸다.

영양실조와 탈진으로 죽은 젊은이였다.

이별은 고요할수록 좋다

딸   죽어서까지 지킨 사랑의 맹세가 사랑했던 사람을 결국 죽음으로
     몰고 갔어요.

❋

그림 의뢰를 받아 피렌체로 떠난 '그'는 약혼녀와의 맹세도 잊은 채 매력적인 모델 아가씨와 사랑에 빠져. 죽어서도 사랑하는 네 옆에 있고 싶어 무덤에서라도 네게 돌아올 거라던 맹세는 물거품 같은 것이었지. 게르트루데가 구혼자가 나타나 결혼 날짜가 잡혔다고, 내가 사랑하는 사람은 당신밖에 없다고 눈물과 애원과 절망으로 얼룩진 편지를 수없이 보냈지만 그는 답장 한 통 보내지 않았어. 절망의 늪에 빠진 게르트루데는 결혼식 전날 밤 강물에 몸을 던지고 말았지. 결혼식 날 아침이 되어서야 돌아온 그는 게르트루데의 죽음을 알고서 슬퍼하기는커녕 그녀와의 추억에서 벗어날 수 있는 곳이면 어디로든 도망치고 싶다는 생각뿐이야.

"죽음이 우리를 갈라놓을지라도 영원히 당신을 사랑할 거예요."라는 맹세를 지키기 위해서였을까? 사랑했던 사람의 죽음 따위는 까맣게 잊은 그에게 어느 날 밤 저승에 들지 못해 이승을 떠돌던 게르트루데의 혼이 나타나 차가운 팔로 포옹해. 그는 영원을 상징하는 뱀의 형상이 새겨진 약혼반지 때문에 죽은 게르트루데의 팔이라는 것을 알아채지. 차가운 포옹에 시달리던 그는 점

아빠   게르트루데는 사랑이 끝났음을 받아들이고 사랑하는 사람을 떠
        나보낼 용기를 냈어야 했어.

점 쇠약해져 결국 죽고 말아. 사랑하는 사람과의 맹세를 지키지
않고도 아무 죄책감도 가지지 않은 벌이었을 테지.

  '사랑해'의 반대말은 '사랑하지 않아'가 아니라 '사랑했어'라고
해. 현재진행형도 미래형도 아닌 과거형이 되는 순간 그 사랑은
끝난 거니까. 문제는 한 사람은 '사랑해'인데 다른 한 사람은 '사
랑했어'라는 데 있어. 나는 아직도 죽도록 사랑하는데 상대는 이
제 나를 사랑하지 않는다는 것만큼 슬프고 괴로운 일도 없지. 하
지만 더 이상 사랑하지 않는데도 여전히 사랑 받고 있다는 것 또
한 이별의 괴로움만큼이나 고통스러운 일이란다. 참사랑은 내 마
음을 강요하는 게 아니야. 행복도 강요하면 폭력이 되듯이 사랑
도 강요하면 폭력이 된다는 것을 알아야 해.

  게르트루데는 사랑이 끝났음을 받아들이고 사랑하는 사람을
떠나보낼 용기를 냈어야 했어. 어리석게 죽음을 택하지 말고. 이
별로 상처 받은 마음이 회복하는 속도는 우리가 생각하는 것보다
훨씬 빨라. 그러니까 이별이 눈앞에 다가왔으면 조용히 떠나 주
는 용기를 내야 해. 이별은 고요할수록 좋은 법이거든.

눈보라

알렉산드르
푸시킨

1811년이 저물어 갈 무렵이었다. 네나라도보의 가브릴라 가브릴로비치 저택은 언제나처럼 손님들의 발길이 끊이지 않았다. 후하고 인정 많은 가브릴로비치는 손님들에게 음식과 술을 푸짐하게 대접하기로 소문이 자자했다. 이웃들은 저택을 자주 찾아 식사를 하고 술을 마시며 유쾌한 시간을 보냈다. 어떤 사람은 가브릴로비치 부인과 카드 게임을 즐기다 돌아갔다. 은근슬쩍 부부의 딸 마리야 가브릴로브나를 보러 찾아오는 손님들도 있었다.

마리야는 눈처럼 하얀 피부에 날씬한 열일곱 살의 아가씨였다. 부유한 가문에 아름답기로는 근방에서 손꼽을 정도라 마리야는 최고의 신붓감이자 며느릿감이었다.

프랑스 소설을 즐겨 읽는 마리야는 운명적인 사랑을 꿈꿨다. 그녀가 택한 첫사랑의 상대는 가난한 군인 블라디미르 니콜라예비치였다. 휴가차 고향에 온 이 청년 역시 마리야를 향한 열정적인 사랑으로 불타올랐다. 어린 연인들의 사랑을 눈치챈 마리야의 부모는 딸에게 단념하라고 이르고는 고약하리만치 청년을 냉담하게 대했다.

가여운 연인들은 편지를 주고받으며 소나무 숲이나 오래된 예배당 근처에서 만나 영원한 사랑을 맹세했다. 그러나 그들의 사랑을 부모의 반대가 가로막았다. 한탄하던 두 사람은 한 가지 결론에 이르렀다.

'우리의 사랑은 죽음조차 갈라놓을 수 없어. 그런데 부모의 가혹한 반대가 우리의 행복을 가로막고 있으니 부모의 의사를 무시해 버리면 되지 않을까?'

이 생각을 먼저 한 것은 블라디미르였다. 청년의 계획은 낭만적인 공상을 즐기는 마리야를 충족시켰다.

겨울로 접어들면서 두 사람은 만날 수 없었다. 편지는 더 자주 오갔다. 블라디미르는 편지의 끝머리마다 이렇게 썼다.

비밀리에 결혼식을 올린 다음 얼마 동안 숨어 지내다 보면 당신 부모님께서도 허락해 주실 것이오. 우리의 운명적인 사랑과 당신의 불행을 가만히 보고만 계시지는 않을 테니까요. 그러니 모든 걸 내게 맡겨 주시오.

망설이던 마리야는 고민 끝에 자신의 운명을 사랑에 걸기로 결심했다. 집에서 도망치기로 한 전날 밤, 마리야는 잠을 이루지 못하다 부모님께 긴 편지를 썼다.

감동적인 문구로 작별을 고하고, 자신의 선택에 대한 변명과 함께 용서를 구했다. 부모의 발밑에 엎드리는 것이 허락되는 날이 일생에서 가장 행복한 순간이 될 것이라는 말로 편지를 끝마쳤다.

새벽녘이 되어서야 잠이 든 그녀는 무섭고 혼란스러운 꿈에 시달렸다. 집에서 도망쳐 썰매에 올라타려는데 아버지가 그녀를 붙들었다. 아버지는 무지막지하게 그녀를 눈 위를 끌고 가 밑도 끝도 없는 캄캄한 지하로 내동댕이쳤다. 깊이를 알 수 없는 어둠 속으로 곤두박질치며 그녀는 심장이 멎을 듯했다. 그런가 하면 피투성이가 된 블라디미르가 창백한 얼굴로 잔디에 누워 있었다. 그는 죽어

가며 가슴을 찌르는 목소리로 그녀에게 결혼을 서두르자고 애원했다. 섬뜩하고 혼란스러운 환영들이 연이어 나타났다 사라졌다.

아침이 되어 잠에서 깬 마리야의 얼굴은 안쓰러울 정도로 창백했다.

"얘야, 무슨 일이냐? 어디 아프니?"

부모의 애정 어린 염려에 마리야는 마음이 쓰라렸으나 명랑한 표정을 지으려 애썼다.

드디어 저녁이 되었다. 가족과 보내는 마지막 날이라고 생각하니 그녀는 가슴이 죄어드는 듯 아파 왔다. 마리야는 집안사람들과 모든 사물에 눈으로 작별을 고했다. 저녁 식사 시간이 되자 마리야는 떨리는 목소리로 말했다.

"머리가 너무 아파서 저녁을 먹지 못하겠어요. 오늘은 일찍 잠자리에 들고 싶어요. 안녕히 주무세요."

딸의 당돌한 계획을 알 리 없는 부모는 여느 때처럼 차례로 입맞춤을 해 주며 축복의 인사를 해 주었다.

"그래, 마샤. 좋은 꿈 꿔라!"

"내일 아침에 보자꾸나. 잘 자라!"

마리야는 입맞춤을 하며 울음이 터져 나오려는 것을 가까스로 참았다. 방으로 들어와 안락의자에 몸을 던진 마리야는 하염없이 눈물을 쏟았다. 오늘 밤의 계획을 알고 있는 하녀는 마음을 가라앉히고 용기를 내라며 애원했다.

모든 준비는 끝났다. 30분 뒤면 마리야는 부모님과 평온했던 소녀 시절에 영원한 작별을 고할 것이다.

어둠이 깔리면서 눈보라가 휘몰아쳤다. 바람이 윙윙거리며 덧창을 덜컹덜컹 흔들었다. 이 모두가 마리야에게는 불길한 징조처럼 여겨졌다. 밤이 깊어지면서 어둠에 잠긴 집은 정적에 휩싸였다.

마리야는 따뜻한 외투를 입고 숄을 두른 뒤 뒷문을 통해 집을 빠져나와 정원에 내려섰다. 눈보라는 더욱 세차게 몰아쳤다. 바람은 어린 죄인을 멈추어 세우려는 듯 정면으로 불어 댔다. 마리야와 하녀는 퍼붓는 눈과 휘몰아치는 바람을 헤치며 간신히 정원 끝까지 갈 수 있었다.

길에는 썰매가 기다리고 있었다. 꽁꽁 언 말들은 온몸을 떨며 가만히 서 있지를 못했다. 블라디미르가 보낸 마부 테레슈카는 조급해하는 말들의 고삐를 틀어쥐고 썰매 앞을 서성이고 있었다. 마부가 마리야와 하녀를 도와 썰매에 태우고 고삐를 잡자 세 마리의 말들은 네나라도보에서 5km 떨어진 자드리노 마을을 향해 쏜살같이 달리기 시작했다. 그 마을의 외딴 교회에서 블라디미르와 결혼식을 올리기로 되어 있었다.

블라디미르는 그날 하루 종일 바쁘게 보냈다. 아침 일찍 자드리노 마을의 사제를 찾아가 어렵사리 설득해 결혼식을 부탁했다. 이어 결혼식 증인들을 구하러 돌아다녔다. 마흔 살의 퇴역 소위와 측량 기사 슈미트, 경찰서장의 아들인 열여섯 살 창기병 소년이 증인이 되어 주기로 약속했다. 집으로 돌아오자 어느새 땅거미가 지고 있었다. 블라디미르는 마부 테레슈카에게 꼼꼼히 지시를 내렸다. 테레슈카는 마리야를 데려오기 위해 세 필의 말이 끄는 트로이카를 몰고 네나라도보로 향했다.

테레슈카가 떠난 뒤 곧바로 말 한 마리가 끄는 조그만 썰매에 올라탄 블라디미르는 마부도 없이 혼자서 자드리노 마을을 향해 출발했다. 두 시간 뒤 자드리노 마을의 교회에서 마리야와 만나기로 약속되어 있었다. 눈 감고도 찾아갈 수 있는 길이었고, 20분이면 충분히 갈 수 있는 거리였다.

마을을 벗어난 썰매가 들판으로 들어서자 바람이 거세게 일면서 눈보라가 몰아쳤다. 길 위의 모든 것이 뿌옇고 누르스름한 안개 속으로 사라졌다. 커다란 눈송이가 안개 속을 뚫고 휘날렸다. 온 세상이 순식간에 눈으로 덮여 하늘과 땅을 분간할 수 없었다. 블라디미르는 밭 한가운데서 헤매고 있었다. 말은 마구잡이로 내달려 썰매는 계속 뒤집혔다.

블라디미르는 방향을 잃지 않으려고 온 신경을 집중시켰다. 30분 정도가 지난 것 같았다. 그러나 그는 아직 자드리노 마을로 들어서는 숲에도 이르지 못했다. 10분 정도 더 달렸지만 숲은 여전히 보이지 않았다. 말은 지쳤는지 속도를 내지 못했다. 블라디미르는 세찬 눈보라가 몰아치는데도 쉴 새 없이 구슬땀을 흘렸다.

마침내 그는 엉뚱한 방향으로 가고 있다는 것을 알아

차렸다. 말을 멈추고 곰곰이 생각해 보았다. 기억을 더듬어 지나온 길을 따져 본 그는 오른쪽으로 가야 한다는 확신에 이르렀다. 그는 오른쪽으로 방향을 잡았다.

집을 나선 지도 벌써 4시간이나 지났다. 자드리노는 이제 멀지 않을 것이다. 그러나 지친 말을 재촉해 계속 달려도 벌판은 끝이 없었다. 눈 더미와 골짜기만이 이어졌다. 시간이 흘러갔다. 블라디미르는 불안해지기 시작했다.

가도 가도 자드리노 마을은 나타나지 않았다. 눈에 덮인 숲만이 끝없이 이어졌다. 낯선 숲에 들어섰다는 것을 안 블라디미르는 공포에 사로잡혔다. 절망감이 그를 덮쳤다. 그는 말을 세차게 후려쳤다. 가엾은 짐승은 속력을 내어 달리기 시작했다. 15분쯤 지나자 금방 다시 지친 말은 간신히 걸음을 뗐다.

그러는 사이 나무는 점점 듬성듬성해졌다. 숲을 벗어난 것이다. 그러나 자드리노 마을은 보이지 않았다. 시간은 벌써 자정 무렵쯤 되었을 것이다. 블라디미르의 두 눈에서는 눈물이 솟구쳤다. 그는 마구잡이로 말을 몰았다.

어느새 눈보라가 그치고 하늘도 개어 눈앞에는 하얀 양탄자를 깐 듯한 설원이 펼쳐졌다. 참으로 투명한 밤이었다. 멀지 않은 곳에 네댓 채의 농가가 있는 작은 마을이 나타났다. 블라디미르는 마을을 향해 썰매를 몰았다.

가까이 있는 농가에 이른 그는 썰매에서 내려 창가로 뛰어가 창문을 두드렸다. 잠시 뒤 나무 덧창이 올라가더니 노인이 회색 턱수염을 내밀었다.

"왜 그러시오?"

"자드리노가 여기서 멉니까?"

"그렇게 멀지는 않소. 한 10km만 가면 된다오."

블라디미르는 마치 사형선고라도 받은 것처럼 그 자리에 말뚝처럼 서 버렸다. 블라디미르가 노인의 아들의 안내로 자드리노에 도착했을 때는 이미 날이 새 수탉이 울고 있었다. 교회는 문이 잠겨 있었다. 사제의 집으로 갔으나 마당에 그의 마차는 보이지 않았다.

여기서 네나라도보의 가브릴로비치 저택으로 가 보자. 그곳은 평소와 다름없었다. 전날 밤 아무도 마리야가 도망치려 했던 사실을 알지 못했다. 눈보라처럼 혼란스러운 밤을 보내고 새벽녘에 돌아온 마리야는 전날 밤에 썼던 편지를 불태워 없앴다. 마리야의 하녀는 주인에게 받게 될 벌이 두려워 입을 꼭 다물었다.

사제와 퇴역한 기병대 소위, 콧수염을 기른 측량 기사, 그리고 창기병 소년은 쉬쉬하며 그날 밤 사건에 대해서는 한마디도 하지 않았다. 마부 테레슈카는 거나하게 취했을 때도 쓸데없는 말을 하는 사람이 아니었다. 이렇게 해서 그날 밤의 비밀은 잘 지켜졌다.

그렇게 무사히 지나갔는가 싶었는데 밤이 되자 마리야가 앓기 시작했다. 지독한 열병에 걸린 가엾은 소녀는 2주 동안 생사를 헤맸다. 고열로 정신이 오락가락하던 마리야가 그만 자기 입으로 비밀을 누설하고야 말았다.

딸의 곁을 한시도 떠나지 않고 간호하던 어머니는 열에 들뜬 마리야가 횡설수설해 딸이 블라디미르를 죽도록 사랑해서 병이 났다고만 생각했다. 어머니는 남편과 이웃의 몇 사람과 의논을 했다. 모두 운명을 피할 수는 없다, 가난이 죄는 아니다, 결혼은 사람과 하는 것이지 돈꾸러미와 하는 게 아니라며 입을 모았다.

마리야는 차츰 건강을 회복했다. 블라디미르는 가브릴라 가브릴로비치의 저택을 찾지 않았다. 마리야의 부모는 자신들이 냉랭하게 대했기 때문이라고 생각했다.

며칠 뒤 마리야의 부모는 사람을 보내 결혼 승낙이라는 기대하지 않았던 행복한 소식을 그에게 알려 주기로 결정했다. 그러니 결혼 승낙의 편지에 대한 답장으로 그 젊은이가 보내 온 반쯤 미친 편지를 받았을 때 마리야의 부모의 놀라움이 어떠했으랴!

저는 다시는 그 저택에 발을 들여놓지 않을 것입니다. 죽음만이 유일한 희망인 이 불행한 인간을 깨끗이 잊어 주십시오.

며칠 뒤 마리야의 부모는 그가 부대로 돌아갔다는 소식을 들었다. 이때가 1812년이었다.

회복기에 있던 마리야에게는 오랫동안 이 사실을 알리지 않았다. 마리야 역시 결코 블라디미르를 입에 올리는 일이 없었다.

얼마 뒤 또 다른 슬픔이 마리야에게 닥쳤다. 아버지가 세상을 떠난 것이었다. 마리야는 어머니와 진심으로 슬픔을 나누었고 어머니 곁을 결코 떠나지 않겠노라고 맹세했다. 두 사람은 슬픈 추억이 담긴 네나라도보를 떠나 다른 마을로 이사했다.

이곳에서도 부유하고 매력적인 신붓감 주위에는 여전히 많은 구혼자들이 맴돌았다. 그러나 마리야는 그 누구도 털끝만큼의 희망도 품지 못하도록 했다. 어머니가 딸에게 이제 남자 친구를 만나라고 넌지시 말하면 마리야는 수심이 가득한 얼굴로 고개를 저을 뿐이었다.

블라디미르는 이미 이 세상 사람이 아니었다. 그는 프랑스군이 모스크바에 입성하던 전날 밤에 세상을 떠났던 것이다. 사랑했던 그와의 모든 추억은 마리야에게는 성스러운 것이었다. 그가 읽었던 책이나 그가 그린 그림, 그녀를 위해 베껴 두었던 악보와 시 구절 등 그를 떠올릴 수 있는 것이면 사소한 것이라도 소중하게 간직했다. 친구와 이웃 사람들은 그녀의 변함없는 사랑에 감동했다. 그리고 이 순결한 아가씨의 사랑을 차지할 영웅이 누가 될지 호기심에 차서 기다렸다.

마리야의 냉담한 태도에도 그녀의 주위에는 여전히 구혼자들이 끊이지 않았다. 그러나 전쟁이 끝난 뒤 부상을 입고 돌아온 경기병 대령 부르민의 등장에 이들은 모두 물러서야 했다. 그 고장 아가씨들의 말을 빌리면 그는 멋지게 창백한 안색을 하고 있었다. 나이는 스물여섯 가량이었고, 마리야가 사는 저택과 이웃하고 있는 자신의 영지에서 휴가를 보내는 중이었다. 마리야는 그를 보자마자 마음이 끌렸다. 그가 곁에 있을 때면 그녀는 평소의 우울함은 온데간데없이 아주 명랑해졌다. 그녀를 관찰한 시인이 있었다면 이렇게 말했으리라.

"이것이 사랑이 아니라면 무엇이리오?"

부르민은 매우 호감이 가는 젊은이였다. 예의 바르고

재치와 유머도 풍부했다. 조용한 성격에 사려 깊어 보였지만 한때 꽤나 방탕한 생활을 했다는 풍문도 들렸다. 마리야는 대수롭지 않게 여겼다. 열정과 방황이야말로 청춘 시절의 특권이 아닌가!

무엇보다 마리야의 호기심과 상상력을 자극한 것은 이 젊은이의 침묵이었다. 그는 마리야가 자신을 특별하게 대하고 있다는 것을 벌써부터 눈치채고 있었다. 그 역시 그녀를 마음에 들어 한다는 것은 누가 봐도 알 수 있었다. 그러나 마리야에게는 풀리지 않는 수수께끼가 있었다.

"그는 왜 사랑의 고백을 하지 않는 것일까? 무엇이 그를 억누르는 것일까? 자존심일까? 아니면 바람둥이의 수법일까?"

마리야는 답답했다.

"도대체 왜 주저하는 거지? 사려 깊은 성격 때문에? 아니면 용기가 없어서?"

마리야는 더 많은 관심을 보이고 다정하게 대하며 용기를 북돋워 주면 고백을 할 것이라 생각했다. 그녀는 초조하게 소설 같은 고백의 순간을 기다렸다. 그녀의 작전은 원하던 대로 성공했다. 생각에 잠긴 부르민이 정열에 사로잡힌 검은 눈동자로 마리야를 뜨겁게 바라보는 모습은 결정적인 순간이 다가왔음을 말해 주는 듯했다.

어느 날 마리야의 어머니가 거실에 혼자 앉아 있는데 부르민이 찾아왔다.

"마리야를 만나고 싶은데 어디에 있습니까?"

"정원에 있네."

마리야의 어머니는 흥미로운 눈길로 정원으로 나가는 부르민의 뒷모습을 바라보다 성호를 그으며 중얼거렸다.

"드디어 오늘 두 사람의 미래가 결정되려나?"

마리야는 연못의 버드나무 아래에 있었다. 손에는 책을 들고 하얀 드레스를 입은 마리야는 마치 소설 속의 여주인공 같았다. 의례적인 인사가 오간 뒤 어색한 침묵이 흘렀다. 마리야는 분위기를 더 어색하게 만들 작정으로 일부러 입을 꾹 다물고 마음속으로 중얼거렸다.

'어색한 침묵에서 벗어날 가장 좋은 방법은 사랑의 고백이야.'

결과는 마리야의 예상대로 되었다. 주저하던 부르민이

마침내 입을 열었다.

"저는 곤란한 지경에 빠져 있습니다. 이런 저의 난처한 처지를 진작부터 털어놓고 싶었지만 용기가 나지 않더군요. 하지만 이제 더는 주저할 수 없습니다. 잠시 제 얘기에 귀를 기울여 주시겠습니까?"

마리야는 책을 덮고 눈을 내리깔았다.

"당신을 사랑합니다."

부르민의 목소리가 떨렸다.

"나는 당신을 열렬히 사랑하고 있습니다."

마리야는 얼굴을 붉히며 고개를 더 숙였다.

"오! 하지만…, 괴롭지만, 해야 할 말이 있습니다. 당신께 끔찍한 비밀을 털어놓아야만 합니다. 제가 고백을 하는 순간 우리 사이에는 넘을 수 없는 벽이 생길 것입니다."

"그 벽은 항상 존재했어요."

마리야가 재빨리 그의 말을 막았다.

"저는 결코 당신의 아내가 될 수 없는 여자…."

"압니다. 당신이 한때 다른 사람을 사랑했다는 것을.

그리고 뒤이은 사랑하는 사람의 죽음과 긴 세월 동안의 슬픔도요. 아! 사랑스런 마리야, 나는 당신을 죽도록 사랑합니다. 당신도 나를 사랑한다는 것을 알고 있습니다. 하지만 나는 당신에게 청혼을 할 수가 없습니다. 마리야, 나는 이미 결혼한 몸입니다."

마리야는 상상조차 해 보지 않았던 말에 놀라 손에 들고 있던 책을 떨어뜨렸다.

"그래요, 난 결혼했습니다. 내가 결혼한 지도 벌써 4년이 되었군요. 하지만 제 아내가 누구인지, 어디 사는지조차 모릅니다. 죽기 전에 만날 수 있을지도 알 수 없습니다."

"어머, 세상에!"

마리야가 소리쳤다.

"정말 이상한 일이네요! 계속 말씀해 보세요. 제 얘기는 나중에 들려 드릴게요. 어서요, 어서 말씀해 보세요."

"1812년 초였습니다."

부르민은 다시 떠올리기 괴로운 듯 눈을 감고 이야기를 시작했다.

"나는 우리 연대가 주둔한 곳으로 서둘러 가고 있었습니다. 내내 맑았던 날씨가 저녁이 되면서 갑자기 심한 눈보라가 몰아쳤습니다. 마부가 눈보라가 멈출 때까지 기다리라고 충고하더군요. 나는 그의 말을 따르기로 했습니다. 그런데 이상하게 알 수 없는 불안감으로 초조해지더군요. 마치 누군가가 나를 눈보라 속으로 떠밀고 있는 듯한 느낌이 들었습니다. 눈보라는 좀처럼 수그러들 기미가 보이지 않았습니다. 하지만 나는 더 이상 참을 수가 없었습니다. 마부에게 말을 썰매에 매라고 명령하고 세차게 몰아치는 눈보라 속으로 뛰어들었습니다. 마부는 눈보라를 헤치며 강을 따라 달렸습니다. 나중에 들으니 그 길로 가면 3km 정도를 단축할 수가 있어서였다더군요. 그런데 강둑에 눈이 너무 많이 쌓여 마부는 큰길로 나가는 곳을 그만 지나쳐 버리고 만 것입니다. 그걸 알아차렸을 때 썰매는 낯선 동네에 가 있었습니다. 눈보라는 더욱 세차게 몰아쳤습니다. 멀리 불빛이 보이더군요. 마부에게 그쪽으로 마차를 몰게 했지요. 불을 환히 밝힌 교회였습니다. 나무로 지어진 교회의 울타리 너머에는 썰매가 몇 대 세워져 있었고, 문이 활짝 열린 현관 앞에 사람들이 서성거리고 있었습니다.

'이쪽입니다, 이쪽이오!'

몇 사람이 외치는 소리가 들렸습니다. 나는 마부에게 그곳에 썰매를 대라고 명령했습니다.

'아니 대체 어디서 꾸물거리다 이제야 오는 거요?'

누군가 내게 말하더군요.

'신부가 정신을 잃었어. 사제도 어찌할 바를 몰라 우왕좌왕하고 있고. 우리는 막 집에 돌아가려던 참이었다네. 자, 빨리 들어오게!'

썰매에서 내린 나는 무엇엔가 이끌리듯 교회 안으로 들어갔습니다. 어둑한 교회 안을 촛불 몇 개가 희미하게 밝히고 있었습니다. 구석에 한 소녀가 다른 소녀의 부축을 받아 앉아 있더군요. 하녀인 듯한 소녀가 내게 말했습니다.

'이제 오셨군요? 저희 아가씨를 죽일 뻔하셨어요.'

늙수그레한 사제가 내게 다가오더니 물었습니다.

'이제 시작할까요?'

'예? 예.'

나는 엉겁결에 대답했습니다.

앉아 있던 소녀가 부축을 받아 일어서더군요. 어둠 속에서도 빛을 발할 정도로 예쁜 아가씨였습니다. 이해받을 수도 용서받을 수도 없는 경솔한 행동이었지만 나는 설교단 앞으로 가서 그 아가씨 옆에 섰습니다. 사제는 서둘러 결혼식을 진행했고, 남자 셋과 하녀는 금방이라도 쓰러질 듯한 신부에게 신경 쓰느라 정신이 없었습니다. 그날 밤 나는 그렇게 그 아가씨와 결혼식을 올린 것입니다.

'키스하세요!'

사제의 말에 내가 막 키스를 하려고 할 때였습니다.

'아, 이 사람이 아니에요! 이 사람이 아니에요!'

소녀는 비명을 지르며 의식을 잃고 쓰러졌습니다.

놀란 증인들이 날 노려보더군요. 나는 뒤돌아서서 그대로 교회를 빠져나와 썰매에 올라탔습니다. 그러고는 소리쳤죠.

'어서 출발해!'

내 명령에 마차는 쏜살같이 그 마을을 빠져나왔습니다."

"어머, 세상에! 세상에 이럴 수가!"

마리야가 외쳤다.

"나는 결혼식을 올린 교회가 있는 마을의 이름도 모릅니다. 그때는 그 경솔한 장난을 대수롭게 여기지 않았어요. 교회를 떠난 뒤 곧바로 잠이 들어 이튿날 아침 늦게야 깨어났습니다. 그때 같이 눈보라 속을 달렸던 마부는 바로 얼마 뒤 전쟁터에서 죽었습니다. 그러니 내가 그렇게도 잔인하게 조롱했던 그 여자, 지금 저를 이렇게 잔인하게 복수하는 그 여자를 찾아낼 희망은 전혀 없습니다."

마리야는 그의 손을 꼭 붙잡으며 외쳤다.

"그러니까 그분이 당신이었군요! 저를 알아보지 못하시겠어요?"

부르민의 얼굴이 하얗게 질렸다. 그는 탄성을 내지르며 그녀의 발아래 몸을 던졌다.

우연을 운명으로 이어 주는 것은 변함없는 사랑

딸   눈보라로 엇갈린 우연이 훗날 운명이 되었어요!

블라디미르는 눈보라가 휘몰아치는 들판에서 길을 잃고 밤새 헤매다 결국 결혼식에 참석을 못하고 말았어. 운명의 장난과도 같은 눈보라로 블라디미르와 마리야의 사랑은 좌절되는 듯했지. 하지만 마리야의 부모가 둘을 맺어 주기로 하고 블라디미르에게 결혼을 허락하는 편지를 보내. 그런데 블라디미르는 마리야와의 결혼을 거부하고 군대에 복귀하고 말아.

눈보라라는 우연한 사건이 블라디미르의 운명에 결정적인 역할을 한 것은 사실이야. 눈보라 때문에 길을 잃고 헤매지 않았다면 블라디미르는 마리야와 결혼을 했을 테니까. 그러나 블라디미르는 마리야와의 결혼을 눈앞에 두고도 눈보라라는 '우연'에 자신의 '운명'을 내맡기고 말았어. 그러니까 블라디미르의 운명은 눈보라 때문에 엇갈린 것이 아니었어. 자신의 의지로 운명을 선택한 거야. 마리야와의 사랑으로부터 도망치는 선택을 한 것은 블라디미르 자신이었으니까.

그렇다면 부르민에게 눈보라는 그저 우연한 사건이었을까, 운명이었을까? 부르민 역시 눈보라로 길을 잃고 헤매다 자신을 신

아빠   눈보라로 삶이 뒤틀린 세 사람의 운명을 결정지은 것이 우연이었
　　　을까?

랑으로 착각한 사람들에게 이끌려 장난처럼 마리야와 결혼식을
올려. 그러나 운명 앞에서 도망쳐 버린 블라디미르와 달리 부르
민은 운명에 끝까지 충실했어. 눈보라로 우연히 맞닥뜨린 상황에
서 경솔하고 무책임하게 행동했다는 것을 깨닫고 끝까지 책임을
지려고 했지. 그는 눈보라라는 우연한 사건이 몰고 온 결혼을 자
신의 운명으로 짊어지고 사랑하는 여인 마리야 앞에서 솔직하게
결혼한 몸이라는 것을 고백했어.

　마리야는 사랑하는 사람이 자신을 떠났지만 절망하지 않고 떠
나간 사람과의 아름다운 사랑의 추억을 간직한 채 또 다른 운명
을 기다렸어. 운명은 그런 마리야에게 사려 깊고 열정적인 부르
민을 선사해 주었지. 운명적인 사랑을 꿈꾸었던 마리야에게 운명
적 사랑의 상대는 블라디미르가 아니라 부르민이었던 거야.

　작가 푸시킨은 블라디미르에게는 죽음이라는 냉정한 최후를,
부르민에게는 마리야와의 행복한 재회를 안겨 주었어. 푸시킨은
변함없이 열정 가득한 사랑만이 우연을 운명으로 이어 준다는 것
을 말하고 싶었던 것 아닐까?

시멘트
포대 속의
편지

하야마
요시키

마츠도 요조는 포대 가득 들어 있는 시멘트를 연신 들이 부었다. 그의 머리칼과 코밑은 내려앉은 시멘트 가루로 뽀얬다. 그는 콧구멍에 손가락을 쑤셔 넣어 철근 콘크리트처럼 코털을 딱딱하게 굳혀 놓은 콘크리트를 후벼 파내고 싶었다. 하지만 일 분에 18리터씩 토해 내는 콘크리트 믹서의 속도에 맞춰 일을 해야 했기 때문에 손가락을 콧구멍 속으로 쑤셔 넣을 짬이 나지 않았다.

그는 끊임없이 콧구멍이 신경 쓰였지만 끝내 11시간 동안 코 청소를 하지 못했다. 그사이 점심시간과 3시의 휴식 시간 때 딱 두 번 쉴 틈이 있었다. 그러나 점심때는 배가 고파서, 휴식 시간에는 믹서를 청소하느라 짬이 나지 않아 결국 코에까지는 손을 대지 못했던 것이다. 코는 석조 조형물처럼 딱딱해져 있었다.

일이 거의 끝나갈 무렵이었다. 맥이 다 빠진 두 팔로 간신히 들어부은 시멘트 포대에서 조그만 나무상자가 나왔다.

"뭘까?"

조금 의아스러웠지만 지금은 그런 것에 신경 쓸 여유가 없었다. 부삽으로 시멘트 됫박에 시멘트 양을 가늠해 가며 퍼 넣었다. 그리고 통 속에 시멘트를 쏟아 됫박을 비우고 곧바로 부삽으로 다시 시멘트를 퍼 올렸다.

"참 이상도 하군. 시멘트 포대에서 상자가 나올 리가 없는데. 지금껏 그런 일은 한 번도 없었잖아. 뭐가 들었을까?"

조그만 상자를 얼른 주워 작업복 주머니 속에 집어넣었다. 상자는 가벼웠다.

"가벼운 걸 보니 땡전 한 푼도 안 들어 있는 모양이군."

더 생각할 겨를이 없었다. 다음 포대를 비우고 다음 됫박의 양을 가늠하지 않으면 안 되었다.

마침내 콘크리트 믹서가 헛돌기 시작했다. 콘크리트 작업이 끝나고 하루 일과도 끝나는 시간이 된 것이다. 발

전소 건설 공사는 이제 80퍼센트 정도 진척되었다.

마치도 요조는 믹서에 달려 있는 고무호스에서 나오는 물로 대충 얼굴과 손을 씻었다. 얼른 집으로 가 한 잔 마실 생각에 도시락 주머니를 목에 둘러메고 발걸음을 재촉했다.

새하얀 눈으로 덮인 에나 산이 저녁 어둠 속에 어슴푸레 서 있었다. 온통 땀으로 범벅이 된 몸은 금세 얼어붙을 듯 한기가 느껴져 부르르 떨었다. 그의 발아래로 기소 강이 하얀 물거품을 일으키며 우렁우렁 흘러갔다.

"쳇, 못해 먹겠군. 마누라 배는 또 남산만 하지⋯."

집에서 오글거리고 있을 아이들이며, 이 추위를 무릅쓰고 태어날 아이며, 대책 없이 아이를 낳아 대는 마누라를 생각하면 눈앞이 캄캄했다.

"일당 1엔 90전 중에서 하루에 50전 어치는 쌀로 먹어 치우고, 90전으로는 입어야지 생활해야지⋯. 이 등신아! 마실 돈이 어디 있다고 또 마실 생각이야!"

그때 문득 주머니 안의 작은 상자가 떠올랐다. 상자를 꺼내 시멘트 가루를 바지 자락에 비벼 털어 냈다.

단단하게 못이 박힌 상자에는 아무것도 쓰여 있지 않았다.

"뭣 때문에 못까지 쾅쾅 박아 놓은 거야."

그는 돌 위에 냅다 상자를 던졌다. 생각처럼 쉽게 부서지지 않았다. 내친김에 짓뭉개 버리려고 우악스럽게 짓밟았다. 발밑에서 부서진 상자 속에서는 헝겊 조각으로 똘똘 만 종이가 나왔다.

거기에는 이렇게 적혀 있었다.

저는 N시멘트 회사에서 시멘트 포대 깁는 일을 하는 여공입니다. 제 남자 친구는 분쇄기에 돌을 집어넣는 일을 했지요. 10월 7일 아침이었어요. 커다란 돌을 집어넣던 그가 그만 그 돌과 함께 분쇄기 안에 끼이는 사고를 당했습니다.

동료들이 그를 살려 내려고 안간힘을 썼지만 제 남자 친구는 깊은 물속으로 빠져들듯 큰 돌 밑으로 가라앉고 말았습니다. 제 남자 친구는 처참하게 울부짖으며 돌과 함께 부서져 시멘트가 되었지요.

뼈도 살도 혼도 산산조각이 났습니다. 제 남자 친구의 모든 것이 시멘트가 되어 버리고 만 것입니다. 남은 것은 넝마 같은 작업복 쪼가리뿐입니다.

저는 제 남자 친구를 담을 포대를 깁다 포대 안에 이 편지를 살짝 집어넣었습니다.

당신은 노동자입니까? 만약 당신이 저와 같은 노동자라면 저와 제 남자 친구를 불쌍히 여기고 답장을 해 주세요. 이 포대 속에 담겨 있던 시멘트가 어디에 사용되었는지 알려 주세요. 저는 그것을 꼭 알고 싶습니다. 제 남자 친구는 몇 포대나 되는 시멘트가 되었을까요? 그리고 어떤 사람들이 그걸 사용했을까요?

당신은 미장이입니까, 아니면 건축업자입니까?

당신이 만약 건축업자라면 시멘트가 된 제 남자 친구가 극장의 복도가 되고, 저택의 담이 되지 않도록 막아 주세요.

아니, 아니에요. 아무래도 상관없습니다. 제 남자 친구는 어떤 곳에 묻히더라도 성실하게 자기 본분을 다할 것입니다. 그는 성품이 반듯한 사람이었으니까요.

그 사람은 자상하고 좋은 사람이었어요. 그리고 믿음직스럽고 남자다운데다 아직 젊었습니다. 이제 막 스물여섯이 되었거든요. 그 사람이 저를 얼마나 사랑해 주었는지 모릅니다. 그런데 저는 그이에게 흰 수의를 입혀 주는 대신 시멘트 포대를 입히고 있군요. 그 사람은 관으로 들어가는 대신 회전 가마 속으로 들어가 버렸습니다.

제가 어떻게 그 사람을 고이 보내 드릴 수 있겠습니까. 그 사람은 서쪽에 동쪽에, 저 먼 곳에, 또 가까이에 뿔뿔이 흩어진 채 묻혀 있는 걸요.

당신이 만약 노동자라면 제게 답장해 주세요. 대신 제 남자 친구가 입고 있던 작업복 쪼가리를 당신께 드리겠습니다. 이 편지를 싼 헝겊 조각이 바로 그것입니다. 이 쪼가리에는 돌가루와 그 사람의 땀이 배어 있습니다. 그 사람이 넝마 같은 이 작업복을 입고 얼마나 저를 꼭 껴안아 주었는지요.

부탁입니다. 이 시멘트를 사용한 날짜와 또 어떤 곳에 사용되었는지, 그리고 당신의 이름도 폐가 되지 않는다면 알려 주세요. 당신도 부디 몸조심하세요. 안녕.

편지를 다 읽고 난 마츠도 요조는 한참 동안 망연히 앉아 있었다. 콩이라도 볶듯 사방에서 와글와글 법석을 떨며 소란을 피워 대는 아이들 소리에 퍼뜩 정신이 들었다. 편지 끄트머리에 적혀 있는 주소와 이름을 물끄러미 바라보다 밥사발에 부어 놓은 술을 단숨에 들이켜며 소리쳤다.

"아주 코가 비뚤어지게 취했으면 좋겠군. 모조리 때려 부쉈으면 속이 후련하겠어!"

"코가 비뚤어지게 취했으면 좋겠다고요? 모조리 때려 부쉈으면 속이 후련하겠다고요? 그럼 저하고 아이들은 어쩌라고요!"

마누라가 눈을 흘기며 쏘아붙였다. 마츠도 요조는 마누라의 둥그런 뱃속에 들어 있는 일곱 번째 아이를 무연히 바라보았다.

인생은 날씨처럼 예측 불가능하다

딸 이 소설의 여주인공도 슬픈 기억은 모두 잊고 행복해졌으면 좋겠어
    요.

내가 사랑한, 나를 사랑해 준 사람에게 수의 대신 시멘트 포대를
입혀 주어야 했으니 얼마나 슬프고 한스러웠을까? 여공은 그 포
대 속의 시멘트를 사용할 사람에게 쓴 편지에 남자 친구가 극장
의 복도가 되고, 저택의 담이 되지 않도록 막아 달라고 하다 아무
래도 상관없다고 해. 그는 어떤 곳에 묻히더라도 성실하게 자기
본분을 다할 거라며. 성품이 반듯한 사람이었다며.

  인생을 살아가면서 겪는 가장 괴로운 시련은 사랑하는 사람을
저세상으로 떠나보내는 일일 거야. 사랑하는 사람을 잃으면 나라
는 존재도 이 세상에서 없어져 버린 것처럼, 우주에서 외톨이가
된 것처럼 고독과 절망을 느끼지. 사랑했던 사람을 영원히 볼 수
없다는 것은 어떤 말로도 위로가 되지 않는 슬프고 가슴 아픈 일
이야. 하지만 밤이 오고 겨울이 오는 것처럼 죽음은 인생에서 피
할 수 없는 과정이란다. 살아 있는 모든 것은 언젠가 그 생을 마
감해. 이것은 그 누구도 어길 수 없는 자연의 질서이자 순리야.

  누군가의 죽음을 경험한다는 것은, 그것이 가까운 사람의 죽음
이라면 생각만 해도 끔찍하고 상상조차 하고 싶지 않은 일이지.

아빠 사랑했던 사람을 떠나보낸 슬픔을 이겨 내는 건 정말 힘든 일이
지만 시간은 슬픔도 길들인단다.

하지만 인생을 함께해 온 가까운 사람의 죽음은 누구나 겪을 수
밖에 없는 일이야.

어제까지도 마주 보고 웃으며 삶을 공유했던 사람을 잃은 슬픔
이 치유되기까지는 오랜 시간이 걸리지만 그 사람이 없는 또 다
른 세상을 살아내기 위해 일어서야 해. 그가 없는 세상에서도 살
아갈 수 있는 힘을 내기 위해 노력해야 해. 부끄럽지 않을 인생을
살아가는 것이 남겨진 자의 의무니까. 행복했던 순간, 아름다운
추억들을 떠올리면서 슬픔을 극복하기 위해 노력하다 보면 절대
받아들일 수 없을 것 같던 슬픔도 시간이 지나면서 조금씩 익숙
해진단다.

누군가 떠나고 나면 남겨진 사람들은 왜 더 사랑하지 못했을
까, 왜 더 함께하지 못했을까 자책하며 펑펑 눈물을 쏟지. 죽음은
인생의 막다른 골목에서 찾아오는 것이 아니야. 인생은 날씨처럼
예측 불가능하기 때문에 오늘 하지 못한 말은 영원히 하지 못할
수도 있어. 그러니까 지금 말해. "사랑해."라고. "내 옆에 있어 줘
서 고맙다."라고.

세상에서 가장 공평한 기적, 사랑

사랑의
묘약

오 헨리

뉴욕 바워리 가의 블루 라이트 약국은 전통적인 방법에 따라 약을 만드는 것으로 유명했다. 아직도 직접 아편을 녹이거나 걸러 진통제를 만드는 블루 라이트 약국의 높다란 조제대 뒤에서는 매일같이 환약이 만들어졌다. 여러 가지 약품을 섞어 동그랗게 빚은 환약은 마분지 상자에 담겼다.

블루 라이트 약국의 야근 약제사 아이키 션스타인은 친절하고 마음이 따뜻해 그를 좋아하는 손님들이 많았다. 손님들은 고민이나 걱정거리가 생기면 그의 조언과 충고를 듣고자 약국을 찾았다. 그는 손님들에게 때로는 변호사였고, 때로는 목사였으며, 때로는 교사였다. 아이키의 학식을 존경하는 손님들은 그의 신비로운 지식을 숭배하며 그가 조제해 주는 약의 성분을 따지지도 않고 목구멍으로 넘겼다. 안경을 걸친 뾰족코, 지식의 무게를 감당하지 못해 휜 듯 구부정한 어깨와 호리호리한 몸집의 그를 이 약국 부근에서는 모르는 사람이 없었다.

아이키는 약국에서 두 블록쯤 떨어진 리들 부인 댁의 방 하나를 얻어 지내며 아침 식사를 해결했다. 리들 부인에게는 로지라는 딸이 있었다. 이미 눈치챘겠지만 아이키는 로지에게 홀딱 반해 있었다. 그에게 로지 양은 화학적으로 가장 순결한 결정체였다. 그는 완벽한 그녀와 견줄 만한 것은 약국 안에서도 찾을 수 없을 것이라 확신했다. 그러나 아이키는 소심했다. 그의 간절한 사랑에는 수줍음과 두려움이 녹여도 녹여도 녹지 않는 물약의 찌꺼기처럼 가라앉아 있었다.

손님들에게 존경과 신뢰를 받는 그는 약국 카운터 앞에서는 언제나 당당하고 의젓했다. 그러나 약국 밖으로 한 발짝만 내디디면 우유부단하고 어리바리한 사나이가 되어 버리고 만다. 약품이 묻어 얼룩지고 암모니아 냄새가 밴 흉한 옷을 걸친 채 두리번거리며 어물어물하다 자동차 운전기사에게 욕바가지를 뒤집어쓰기 일쑤였다.

약국 단골손님 중에 챙크 맥고원이라는 젊은이가 있었다. 리들 부인 댁에서 하숙을 하는 맥고원 역시 로지가 던지는 미소의 공을 잡으려고 무진 애를 썼다. 이 젊은이는 아이키처럼 그저 멍청하게 서 있는 야구 경기의 외야수가 아니었다. 맥고원은 로지의 배트에 맞아 날아온 미소의 공을 멋지게 잡아챘다.

아이키와 친구처럼 지내는 맥고원은 시내에서 흥겨운 저녁을 보내고 난 뒤면 블루 라이트 약국에 자주 들렀다. 맥고원이 젊은 혈기만 믿고 주먹질을 하다 맞은 상처를 내밀면 아이키는 한숨을 내쉬며 소독약을 발라 주거나 반창고를 붙여 주었다.

어느 날 오후, 맥고원은 여느 때처럼 불쑥 약국 안으로 들어섰다. 동그란 의자에 털썩 주저앉은 그의 표정이 평소와는 달리 심각했다.

"아이키, 그 말이지. 내가 꼭 필요한 약이 있는데, 자네가 만들어 줄 수 있겠나?"

아이키는 맥고원의 얼굴을 가만히 들여다보았다. 상처가 있나 살펴보았지만 말짱했다.

"윗도리를 벗어 보게. 가슴에 칼이라도 찔렸나? 내 그러게 못된 패거리들과는 상대하지 말라고 몇 번이나 충고하지 않았나?"

"그게 아니라네."

맥고원은 싱긋 웃으며 들뜬 목소리로 말했다.

"하지만 자네 진단이 적중하기는 했네. 가슴을 찔리기는 했으니까. 로지 양이 던진 사랑의 비수에 말일세. 나는 오늘 밤 로지 양과 몰래 달아나서 결혼할 참이라네."

아이키는 약을 빻는 사발의 가장자리를 누르고 있던 왼쪽 집게손가락에 힘이 들어가 사발 속을 쑤셔 대고 있었지만 깨닫지 못하고 멍하니 연적을 바라보았다. 어느새 얼굴에서 미소가 사라진 맥고원이 불안한 눈빛으로 말을 이었다.

"로지 양의 마음이 변하지 않는다면 말이지. 우리는 보름 전부터 몰래 달아날 계획을 세웠다네. 그런데 이 아가씨는 낮에는 그러자고 했다가 밤이 되면 아무래도 안 되겠다고 하질 않나 말일세. 겨우 달래서 오늘 밤에 꼭 달아나겠다는 약속을 받아 냈다네. 이번에는 이틀째 마음이 변하지 않고 있어. 하지만 약속 시간까지 아직도 다섯 시간이나 남았다는 게 문제란 말일세. 또 마음이 변하면 어쩌나 불안해서 견딜 수가 없다네."

"자네 무슨 약이 필요하다고 했지?"

아이키는 건성으로 물었다.

맥고원은 초조한지 약품 일람표를 둘둘 말아서 어이없을 정도로 열심히 손가락에 감아 대고 있었다.

"오늘 밤에는 무슨 일이 있어도 반드시 성공하고야 말걸세. 백만 달러를 준다 해도 내 마음은 바뀌지 않을 거야. 작긴 하지만 방까지 얻어 놓았다고. 테이블 위에는 데이지 꽃도 장식해 놓았고, 주전자는 언제라도 찻물을 끓일 수 있게 해 놓았단 말일세. 게다가 9시 반에 우리의 결혼식을 위해 목사님과도 약속이 되어 있어. 로지 양 마음만 변하지 않는다면 모든 것이 완벽하다고!"

"난 말일세, 맥고원. 도무지 이해할 수가 없군. 약 이야기는 대체 뭔가? 무슨 약이 필요하다는 건가?"

아이키는 맥이 빠진 목소리로 물었다.

"실은 로지 양의 아버지 리들 씨는 사윗감으로 내가 탐

탁지 않은 모양이야. 그 영감님은 지난 한 주일 동안 로지 양과 내가 함께 외출하는 것을 금지하고 있거든. 하숙인 한 사람이 줄어든다는 걱정만 아니라면 그 영감은 진즉에 나를 내쫓았을 걸세. 나는 일주일에 20달러나 벌고 있어 로지 양을 행복하게 해 줄 자신이 있는데 말일세."

아이키는 아몬드 꽃같이 청순하고 아름다운 로지 양의 얼굴이 떠올라 괴로워 견딜 수가 없었다.

"미안하네. 곧 찾으러 올 약을 조제해 놓아야 해서…."

아이키가 돌아서려고 하자 맥고원이 얼굴을 바짝 들이대며 애원했다.

"아이키, 무슨 좋은 약이 없을까? 여자에게 먹이면 그 남자가 좋아져 버리는 그런 약 말일세."

"자네! 그게…."

아이키가 경멸감으로 입을 비틀며 무슨 말인가 하려고 할 때 맥고원이 가로챘다.

"팀 레이시라는 친구한테서 들었는데 그 녀석은 주택가에 있는 어느 의사에게서 그런 약을 구했다고 하더군. 그 약을 소다수에 타서 아가씨에게 먹였더니 단 한 모금

밖에 마시지 않았는데도 그 녀석에게 홀딱 빠졌다지 뭔가. 더구나 그 아가씨의 눈에 다른 남자는 다 시시한 인간으로 보이기 시작했다는 거야. 두 사람은 결국 이주일도 되지 않아 결혼했다네."

단순한 맥고원은 여전히 기대를 버리지 않고 말을 이었다.

"오늘 저녁 식사 때라도 그런 약을 로지 양에게 먹이면 달아날 약속을 깨지 않을 텐데…. 그 약이 세 시간만 효과를 발휘해 준다면 만사가 해결될 텐데…."

"대체 몇 시에 달아나기로 했나?"

"9시라네. 우리의 계획은 이렇다네. 7시에 저녁을 먹은 로지 양이 8시가 되면 머리가 아프다는 핑계를 대고 일찍 자기 방으로 가는 거야. 로지 양은 방에서 9시가 되기를 기다렸다가 비상 사다리를 타고 내려오기로 했다네. 나는 뒤뜰 로지 양의 방 창문 밑에서 조용히 기다리고 있다가 미리 대기시켜 놓은 마차에 로지 양을 태우기만 하면 뒷일은 목사님께 맡기면 되는 거지. 로지 양이 그때 가서 뒷걸음질하지만 않는다면 일은 누워서 식은 죽 먹기라고. 이보게, 아이키! 그런 약 좀 지어 줄 수 없겠나?"

아이키는 골똘히 생각하는 척하면서 콧등을 문질렀다.

"챙크, 자네가 원하는 것은 약제사로서는 조심스럽게 다뤄야 하는 약이네. 그러나 친한 친구 사이인 자네가 그토록 원하니 약을 지어 주지. 로지 양이 그 약을 먹고 자네를 어떻게 생각하는지 확인해 보게."

조제대로 간 아이키는 모르핀이 들어 있는 알약 두 개를 가루로 만든 다음 설탕가루를 넣어 부피를 늘리고 흰 종이에 쌌다. 아편이 주성분으로 마취제나 진통제로 쓰이는 모르핀은 너무 많이 먹지만 않으면 아무 위험 없이 몇 시간 동안 잠에 빠지는 약이었다.

"반드시 물에 타서 먹어야 하네."

아이키는 주의 사항을 일러 주며 맥고원에게 약을 건넸다.

"고맙네, 정말 고마워. 내 이 은혜는 잊지 않겠네."

맥고원은 약을 받아 주머니에 넣고 약국을 나갔다.

아이키는 정말로 사랑하는 여인 로지가 맥고원에게 사랑에 빠지는 약을 조제해 주었을까?

그 사실은 지금부터 아이키가 하는 행동을 보면 알게 될 것이다.

아이키는 곧바로 사람을 보내 로지 양의 아버지 리들 씨를 약국으로 모셔왔다. 불그레한 얼굴에 단단한 체격의 리들 씨는 나이에 비해 날렵했다. 아이키는 조금도 주저하지 않고 맥고원이 로지와 함께 도망치려는 수작을 일러바쳤다.

"이거 참 고맙소이다. 건달 녀석이 내 딸을 꾀어내 도망치려고 한다고요? 어림없는 소리요. 아이키 씨, 내 방이 로지의 방 바로 위에 있는 걸 알고 계시지요? 저녁 식사만 마치면 바로 내 방으로 올라가 엽총에 탄환을 재어 놓고 녀석을 기다릴 거요. 녀석이 우리 집 뒤뜰에 한 발짝이라도 들여놓기만 하면 말이오, 그 녀석은 내 딸을 태운 마차가 아니라 구급차에 실려 가야 할 거요."

아이키는 쾌재를 불렀다. 챙크가 건넨 약을 먹은 로지 양은 아침까지 곯아떨어질 것이었다. 총을 들고 챙크를 노리고 있을 리들 씨의 모습이 떠오르자 입가에 저절로 미소가 번졌다. 연적의 패배는 불을 보듯 뻔한 일이었으므로.

아이키는 챙크 맥고원에게는 슬픔을, 자신에게는 기쁨을 안겨 줄 소식이 날아들기를 약국에서 밤새도록 초조하게 기다렸다.

그러나 아무 소식이 없었다. 아침 8시가 되자 주간 근무 약제사가 출근했다. 아이키는 어젯밤의 결과가 궁금하여 부랴부랴 리들 부인 댁으로 향했다. 그런데 이게 어찌된 일인가. 지나가던 전차에서 뛰어내린 챙크가 환희로 가득한 얼굴에 승자의 미소를 띠고 그의 손을 덥석 붙잡는 것이 아닌가.

"아이키, 대성공이야! 성공했다고!"

챙크는 세상의 모든 행복을 거머쥔 사람처럼 싱글벙글 웃으며 말했다.

"로지는 1분 1초도 어기지 않고 비상 사다리로 내려와 주었네. 우리는 9시 30분 25초 정각에 목사님 댁에서 결혼식을 올렸지. 로지는 지금 내 방에 있어. 오늘 아침에는 푸른 옷을 입고 달걀 요리를 만들어 주었다네. 정말이

지 난 세상에서 가장 행복한 사내야. 아이키, 한번 놀러
오게. 식사라도 같이 하세. 나는 지금보다 더 좋은 일자
리를 구해서 지금 그리 가는 길일세."

"저…, 그… 약은?"

아이키는 더듬거리며 물었다.

"아, 그 약?"

챙크는 킬킬거리며 말했다.

"어제저녁 식탁에 앉은 로지 양을 보자 이런 생각이 들
더군. '로지 양처럼 아름답고 순수한 아가씨에게 시시한
속임수를 써서는 안 돼.' 그래서 나 자신을 타일렀네. '챙
크, 사랑하는 아가씨의 마음을 얻으려면 정정당당하게
행동해야지.' 하고 말이야. 그래서 자네가 준 약봉지는
그냥 호주머니 속에 갖고 있었네. 그때 죽일 듯이 나를
노려보는 리들 씨와 눈이 마주쳤지. '저 영감님은 장래의
사위에게 털끝만큼의 애정도 못 느끼고 있군.' 그때 약봉
지가 떠오르더란 말일세. 나는 기회를 엿보다 리들 씨의
커피 속에 자네가 지어 준 약을 몰래 털어 넣었다네. 알
겠나? 크크!"

사랑은 자동인형이 아니다

질투심에 사로잡힌 아이키는 수면제를 사랑의 묘약이라고 속여 연적 맥고원의 사랑을 막으려고 했어. 그러나 맥고원은 사랑하는 사람에게 사랑의 묘약을 사용하는 것은 정정당당하지 못한 짓이라는 생각에 자신을 싫어하는 로지 아버지의 커피에 약을 털어 넣었지. 수면제였던 가짜 사랑의 묘약에 취한 로지 아버지는 잠이 들고, 연적 맥고원은 사랑하는 로지와 유유히 도망쳐 결혼을 해. 질투심에 사로잡혀 훼방을 놓으려다 도리어 사랑을 이루어준 꼴이 되고 말았어. 과정이야 어찌되었든 결국 사랑의 묘약이 된 셈이지.

아이키처럼 바라보는 것만으로는 그 사람을 진정 사랑한다고 할 수 없어. 사랑은 자동인형이 아니거든. 사랑은 태엽을 감아 줘야만 작동하는 인형처럼 내가 태엽을 감아 작동시켜야 비로소 시작된단다. 아이키는 시간과 노력을 들여야만 비로소 사랑이 아름다운 날개를 펼친다는 것을 몰랐던 거야.

사람들은 사랑은 누구에게나 찾아오는 자연스러운 감정이고, 마음에 드는 상대만 생기면 저절로 사랑이 꽃을 피운다고 착각하지. 내 마음의 텃밭에 뿌리 내린 사랑의 씨앗을 아름다운 향기를

아빠   아이키는 시간과 노력을 들여야 사랑이 비로소 아름다운 날개를
       펼친다는 것을 몰랐어.

뿜어내는 꽃으로 피워 내려면 때맞춰 물을 줘야 하고, 벌레가 범
접하지 못하도록 단속도 해야 하며, 시도 때도 없이 고개를 쏙 내
미는 잡초도 뽑아 줘야 해. 뿐만 아니라 쏟아지는 우박에 두드려
맞는 아픔도 견뎌야 하고, 한겨울의 매서운 눈보라도 이겨 내야
한단다.

　미국의 정신분석학자 에리히 프롬은 《사랑의 기술》이라는 저서
에서 '사랑은 정서적 감정이나 느낌이 아니라 의지와 노력의 산물
인 기술'이라고 정의했어. 인생을 살아가는 기술이 필요하듯이 사
랑도 배우고 익혀야 할 기술이며, 사랑을 주고받는 데도 기술이
필요하다는 말이지.

　사랑의 기술은 지키지 못할 달콤한 약속과 눈속임으로 상대를
홀리는 것이 아니야. 성숙한 사랑으로 나아가기 위해서는 진실한
행동과 말로 최대한 격식을 갖춰 상대에게 예절을 지켜야 해. 또
서로 사랑스러운 존재가 되기 위해 노력하며 사랑을 완성시켜 나
가야 해. 험한 세상에 놓인 외나무다리를 두려움 없이 건널 수 있
도록 용기를 주는 것이 사랑이니까.

B사감과
러브레터

현진건

C여학교에서 교원 겸 기숙사 사감 노릇을 하는 B여사라면 딱장대요, 독신주의자요, 독실한 기독교 신자로 유명하다. 사십에 가까운 노처녀인 그의 주근깨투성이 얼굴은 처녀다운 맛이란 약에 쓰려도 찾을 수 없을 뿐 아니라, 시들고 거칠고 마르고 누렇게 뜬 품이 곰팡이 슬은 굴비를 생각나게 한다.

여러 겹 주름이 잡힌 홀렁 벗겨진 이마라든지, 숱이 적어서 법대로 쪽찌거나 틀어 올리지를 못하고 엉성하게 그냥 빗어 넘긴 머리꼬리가 뒤통수에 염소 똥만 하게 붙은 것이라든지, 벌써 늙어 가는 자취를 감출 길이 없었다. 뾰족한 입을 앙다물고 돋보기 너머로 쌀쌀한 눈이 노릴 때엔 기숙생들이 오싹하고 몸서리를 칠만큼 그는 엄격하고 매서웠다.

이 B여사가 질겁하다시피 싫어하고 미워하는 것은 소위 러브레터였다. 여학교 기숙사라면 으레 그런 편지가 많이 오는 것이지만 학교로도 유명하고 또 아름다운 여학생이 많은 탓인지 모르되 하루에도 몇 장씩 죽느니 사느니 하는 사랑 타령이 날아들었다. 기숙생에게 오는 사사로운 편지는 일일이 검토하는 터이니 러브레터 역시 B여사의 손에 떨어진다. 달짝지근한 사연을 보는 족족 그는 더할 수 없이 흥분되어서 얼굴이 붉으락푸르락 편지 든 손이 발발 떨리도록 성을 낸다.

까닭 없이 그런 편지를 받은 학생이야말로 큰 재변이었다. 하학하기가 무섭게 그 학생은 사감실로 불려 간다. 분해서 못 견디겠다는 사람 모양으로 씨근씨근하며 방안을 왔다 갔다 하던 그는 들어오는 학생을 잡아먹을 듯이 노리면서 한 걸음 두 걸음 코가 맞닿을 만큼 바싹 다가들어 서서 딱 마주 선다. 웬 영문인지 알지 못하면서도 선생의 기색을 살피고 겁부터 집어먹은 학생은 한동안 어쩔 줄 모르다가 간신히 모기만 한 소리로 묻는다.

"저를 부르셨어요?"

"그래 불렀다. 왜!"

팍 무는 듯이 한마디하고 나서 매우 못마땅한 것처럼 의자를 우당퉁탕 당겨서 털썩 주저앉고는 학생이 그저 서 있는 걸 보면 또 소리를 빽 지르는 법이었다.

"장승이냐? 왜 앉지를 못해."

스승과 제자는 조그마한 책상 하나를 새에 두고 마주 앉는다. 앉은 뒤에도 '네 죄상을 네가 알지!' 하는 것처럼 아무 말 없이 눈살로 쏘기만 하다가 한참 만에야 그 편지를 끄집어내어 학생의 코앞에 동댕이치며 문초를 시작한다.

"이건 누구한테 온 거냐?"

앞면에 제 이름이 쓰였는지라 대답 않을 수 없다.

"저한테 온 것이야요."

그러면 발신인이 누구인지를 다그쳐 묻는다. 사실 그런 편지야 흔히 자기 이름을 똑똑히 밝히지 않는지라 주저주저하다가 자세히 알 수 없다고 내대일 양이면 불호령이 떨어진다.

"너한테 오는 것을 네가 모른단 말이냐."

그런 뒤 사연을 읽어 보라 하여 무심한 학생이 나직나

직하나마 꿀 같은 구절을 입술에 올리면 B여사의 역정은 더욱 심해져서 어느 놈의 소행인지를 기어이 알려 한다. 기실 보지도 듣지도 못한 남성의 소행이요, 자기에게는 아무 죄도 없다는 것을 변명하여도 곧이듣지를 않는다. 바른대로 아뢰어야지 그렇지 않으면 퇴학을 시킨다는 둥, 자기 이름도 모르는 여자에게 편지할 리가 만무하다는 둥, 필연 행실이 부정한 일이 있으리라는 둥, 분명코 어디서 한 번 만나기라도 하였을 테니 어찌해서 남자와 접촉을 하게 되었느냐는 둥.

졸리다 못해 학교에서 주최한 음악회나 바자회에서 혹 보았는지 모른다고 주워 댈 것 같으면 사내의 보는 눈이 어떻드냐, 표정이 어떻드냐, 무슨 말을 건네드냐, 미주알고주알 캐고 파며 어르고 볶아서 넉넉히 십년감수는 시킨다.

두 시간이 넘도록 문초를 한 끝에는 사내란 믿지 못할 것, 우리 여성을 잡아먹으려는 마귀인 것, 연애가 자유이니 신성이니 하는 것도 모두 악마가 지어낸 소리라며 입에 침도 없이 열에 들떠서 한참 설법을 하다가 닦지도 않은 방바닥(침대를 쓰기 때문에 방이라 해도 마룻바닥이다)에 그대로 무릎을 꿇고 기도를 올린다. 눈에 눈물까지 글썽거리면서 말끝마다 '하느님 아버지'를 찾아가며 악마의 유혹에 떨어지려는 어린양을 구해 달라고 뒤삶고 곱삶는 법이었다.

그리고 둘째로 그가 싫어하는 것은 기숙생을 남자가 면회하러 오는 일이었다. 무슨 핑계를 하든지 기어이 못 보게 하고 만다. 친부모, 친동기간이라도 규칙이 어떠니, 수업 중이니 하며 무슨 핑계를 하든지 따돌려 보내기가 일쑤다.

이로 말미암아 학생이 동맹 휴학을 하였고, 교장의 설교까지 들었건만 그래도 그 버릇은 고치려 들지 않았다.

이 B사감이 감독하는 그 기숙사에 금년 가을 들어서 괴상한 일이 '생겼다'느니 보다 '발각되었다'는 것이 마땅할는지 모르리라. 왜 그런가 하면 그 괴상한 일이 언제 '시작된' 것은 귀신밖에 모르니까.

그것은 다른 일이 아니라 밤이 깊어서 새로 한 점이 되어 모든 기숙생들이 달고 곤한 잠에 떨어졌을 제 난데없이 깔깔대는 웃음과 속살속살하는 말들이 새어 흐르는 일이었다. 하룻밤이 아니고 이틀 밤이 아닌 다음에야 그런 소리가 잠귀 밝은 기숙생의 귀에 들리기도 하였지만 잠결이라 뒷동산에 구르는 마른 잎의 노래로나, 달빛에 날개를 번뜩이며 울고 가는 기러기의 소리로나 흘려들었다. 그렇지 않으면 도깨비의 장난이나 아닌가 하여 무시무시한 증이 들어서 동무를 깨웠다가 좀처럼 동무는 깨지 않고 제 생각이 너무나 어림없고 어이없음을 깨달으면, 밤소리 멀리 들린다고, 학교 이웃에 있는 집에서 이야기를 하거나 또 딴 방에서 자는 제 동무들의 잠꼬대로만 여겨 안심하고 그대로 자 버리기도 하였다.

그러나 이 수수께끼가 풀릴 때는 왔다. 이때 공교롭게 한방에 자던 학생 셋이 한꺼번에 잠을 깨었다. 첫째 처녀가 소변을 보러 일어났다가 그 소리를 듣고 둘째 처녀와 셋째 처녀를 깨우고 만 것이다.

"저 소리를 들어 보아요. 밤중에 저게 무슨 소리야."

첫째 처녀가 휘둥그레진 눈에 무서워하는 빛을 띤다.

"어젯밤에 나도 저 소리에 놀랐어. 도깨비가 났단 말

인가?"

둘째 처녀도 잠 오는 눈을 비비며 수상해한다.

그중에 제일 나이 많은 뿐더러(많았자 열여덟밖에 아니 되지만) 장난 잘 치고 짓궂은 짓 잘하기로 유명한 셋째 처녀는 동무 말을 못 믿겠다는 듯이 이윽히 귀를 기울인다.

"딴은 수상한걸. 나는 언젠가 한 번 들어 본 법도 하구먼. 무얼 잠이 아니 오는 애들이 이야기를 하는 게지."

이때에 그 괴상한 소리는 땍대굴 웃었다. 세 처녀는 소스라쳤다. 적적한 밤 가운데 다른 파동 없는 공기는 그 수상한 말마디를 곁에서나 나는 듯이 또렷또렷 전해 주었다.

"오, 태훈 씨! 그러면 작히 좋을까요."

간드러진 여자의 목소리다.

"경숙 씨가 좋으시다면 내야 얼마나 기쁘겠습니까. 아아, 오직 경숙 씨에게 바친 나의 타는 듯한 가슴을 인제야 아셨습니까?"

정열에 들뜬 사내의 목청이 분명하였다. 한동안 침묵….

"인제 고만 놓아요. 키스가 너무 길지 않아요. 행여 남이 보면 어떡해요."

아양 떠는 여자 말씨,

"길수록 더욱 좋지 않아요. 나는 내 목숨이 끊어질 때까지 키스를 하여도 길다고 못 하겠습니다. 그래도 짧은 것을 한하겠습니다."

사내의 피를 뿜는 듯한 이 말 끝은 여자의 자지러진 웃음으로 묻혀 버렸다.

그것은 묻지 않아도 사랑에 겨운 남녀의 허물어진 수작이다. 감금이 지독한 이 기숙사에 이런 일이 생길 줄이야! 세 처녀는 얼굴을 마주 보았다. 그들의 얼굴은 놀랍고 무서운 빛이 없지 않았으되 점점 호기심에 번쩍이기 시작하였다. 그들의 머릿속에는 한결같이 로맨틱한 생각이 떠올랐다. 기숙사 안에 있는 애인을 만나고 싶어 학교 근처를 뒤돌고 곰돌던 사내가 타는 듯한 가슴을 걷잡지 못하고 밤이 이슥하기를 기다려 담을 뛰어넘었는지 모르리라.

모든 불이 다 꺼지고 오직 밝은 달빛이 은가루처럼 서

린 창문이 소리 없이 열리며 여자 애인이 흰 수건을 흔들어 사내 애인을 부른지도 모르리라.

활동사진에 보는 것처럼 기나긴 피륙을 내리워서 하나는 위에서 당기고 하나는 밑에서 매달려 디룽디룽하면서 올라가는 정경이 있었는지 모르리라.

그래서 두 애인은 만나 가지고 저와 같이 사랑의 속삭거림에 잦아들었는지 모르리라…. 꿈결 같은 감정이 안개 모양으로 눈부시게 세 처녀의 몸과 마음을 휩싸 돌았다.

그들의 뺨은 후끈후끈 달았다. 괴상한 소리는 또 일어났다.

"난 싫어요. 당신 같은 사내는 난 싫어요."

이번에는 매몰스럽게 내대는 모양.

"나의 천사, 나의 하늘, 나의 여왕, 나의 목숨, 나의 사랑, 나를 살려 주어요, 나를 구해 주어요."

사내의 애를 졸이는 간청….

"우리 구경 가 볼까?"

짓궂은 셋째 처녀는 몸을 일으키며 이런 제의를 하였다. 다른 처녀들도 그 말에 찬성한다는 듯이 따라 일어섰으되 의아함과 두려움과 호기심이 뒤섞인 얼굴을 서로 교환하면서 얼마쯤 망설이다가 마침내 가만히 문을 열고 나왔다. 쌀벌레 같은 그들의 발가락은 가장 조심성 많게 소리 나는 곳을 향해서 곰실곰실 기어간다. 컴컴한 복도에 자다가 일어난 세 처녀의 흰 모양은 그림자처럼 소리 없이 움직였다.

소리 나는 방은 어렵지 않게 찾을 수 있었다. 찾고는 나무로 깎아 세운 듯이 주춤 걸음을 멈출 만큼 그들은 놀랐다. 그런 소리의 출처가 자기네 방에서 몇 걸음 안 되는 사감실일 줄이야! 그렇듯이 사내라면 못 잡아먹어 하고 침이라도 뱉을 듯하던 B사감의 방일 줄이야! 그 방에 여전히 사내의 하소연과 간절하게 비는 애원이 되풀이되고 있다.

나의 천사, 나의 하늘, 나의 여왕, 나의 목숨, 나의 사랑, 나의 애를 말려 죽이실 테요. 나의 가슴을 뜯어 죽이실 테요. 내 생명을 맡으신 당신의 입술로….

셋째 처녀는 대담스럽게 그 방문을 빠끔히 열었다. 그 틈으로 여섯 눈동자가 방 안을 향해 쏘았다. 이 어찌된 기괴한 광경이냐! 전등불은 아직 끄지 않았는데 침대 위에는 기숙생에게 온 소위 러브레터 봉투가 너저분하게 흩어졌고 그 알맹이도 여기저기 어지러이 펼쳐진 가운데 B 사감 혼자 —아무도 없이 제 혼자 일어나 앉았다— 누구를 끌어당길 듯이 두 팔을 벌리고 안경을 벗은 근시안으로 잔뜩 한 곳을 노리며 그 굴비쪽 같은 얼굴에 말할 수 없이 애원하는 표정을 짓고는 키스를 기다리는 것같이 입을 쫑긋이 내민 채 사내의 목청을 내 가면서 아까 한 말을 중얼거린다. 그러다가 그 넋두리가 끝날 겨를도 없이 급작스레 앵돌아서는 시늉을 내며 누구를 뿌리치는 듯이 연해 손짓을 하며 이번에는 톡톡 쏘는 여자의 음성을 낸다.

"난 싫어요. 당신 같은 사내는 난 싫어요."

제물에 자지러지게 웃더니 문득 편지 한 장(물론 기숙생에게 온 러브레터의 하나)을 집어 들어 얼굴에 문지르며 속삭인다.

"정말이야요? 나를 그렇게 사랑하셔요? 당신의 목숨같이 나를 사랑하셔요? 나를, 이 나를."

그 음성은 분명 울음의 가락을 띠었다.

"에구머니, 저게 웬일이야!

첫째 처녀가 소곤거렸다.

"아마 미쳤나 보아, 밤중에 혼자 일어나서 왜 저러고
있을꼬."

둘째가 맞방망이를 친다.

"에그, 불쌍해!"

셋째 처녀는 손으로 때 모르는 고인 눈물을 씻었다.

사랑 받고 싶으면 나를 먼저 사랑하라

딸   B사감은 누구보다 사랑하고 사랑 받기를 원하는 사람이었어요.

사랑하는 사람이 내게 말했다.

"당신이 필요해요."

그래서 나는 정신을 차리고 길을 걷는다.

빗방울조차 두려워하면서.

그것에 맞아 죽어서는 안 되겠기에.

독일 시인 베르톨트 브레히트의 〈아침 저녁으로 읽기 위하여〉라
는 시의 일부야. 시에서 나는 "당신이 필요해요."라는 연인의 말
에 떨어지는 빗방울조차 두려워하며 정신을 차리고 길을 걸어.
사랑하는 사람이 내게 "당신이 필요해요."라고 말하는 순간 나는
세상에 하나뿐인 고귀한 존재로 거듭난 거야.

   B사감은 이렇게 신비하고 오묘한 힘으로 인간을 거듭나게 하
는 것이 사랑이라는 것을 몰랐던 것 같지? 독신주의자요, 남성
혐오자인 듯 행동하지만 사실은 누구보다 사랑하고 사랑 받기를
원했음에도 말이야. 누군가의 사랑을 받으려면 먼저 자신을 사랑
해야 한다는 것을 B사감이 알았더라면 좋았을 텐데.

아빠　사랑하고, 사랑 받고 싶으면 먼저 자신을 사랑해야 한단다

　일본의 한 과학자가 물이 담긴 각각의 컵에 '사랑해', '널 죽일 거야' 같은 말을 써서 붙였대. 하루가 지난 뒤 물의 결정체를 관찰했더니 '사랑해'라고 써 붙인 컵의 물의 결정은 보석처럼 아름다운 모양으로 빛난 반면 '널 죽일 거야'라고 써 붙인 컵의 물의 결정은 추하고 일그러져 있었대. 인간의 감정이 말도 생각도 할 수 없는 물에까지 영향을 미치는 것을 보면 인간은 자신이나 타인에게 위대한 변화를 가져다주는 존재라는 것을 알 수 있어. 나를 사랑스러운 존재로 만들고 싶으면 나 자신에게 '사랑해'라고 말을 걸기만 하면 되겠지? 그럼 나도 보석처럼 찬란하게 빛나는 사람이 될 테니까. 그런 나를 사랑하지 않을 사람이 있을까?

　B사감이 자신을 사랑하기 위해 노력했다면 어땠을까? 까칠하고 열등의식에 사로잡혀 비뚤어진 성격도 바뀌었을 테고, 밝고 긍정적인 에너지가 넘치는 사랑스러운 사람이 되었겠지? 그랬다면 기숙생에게서 가로챈 러브레터를 들고 감미로운 연애 장면을 혼자서 연출하는 대신 사랑하는 사람이 보낸 러브레터를 읽으며 낭만이 넘치는 밤을 보내고 있었을 텐데.

가든
파티

캐서린
맨스필드

날씨는 바라던 대로 더할 나위 없이 화창했다. 바람도 없고 하늘은 구름 한 점 없이 맑았다. 파란 하늘은 초여름이면 때때로 볼 수 있는 옅은 황금빛 안개로 뒤덮여 있었다. 아침 일찍 찾아온 정원사는 잔디를 깎고 청소까지 말끔히 해 놓았다.

지난가을 들국화가 만발했던 화단의 풀잎들은 아침 햇살을 받아 파릇파릇 빛났다. 가든파티에 그지없이 잘 어울리는 장미는 하룻밤 사이에 수백 송이의 꽃망울을 터뜨렸다. 초록색 덩굴들은 하늘에서 내려온 천사라도 맞이하는 양 머리를 수그리고 있었다.

아침 식사가 채 끝나기도 전에 일꾼들이 천막을 치려고 몰려왔다.

"엄마, 천막을 어디에 치면 좋을까요?"

"어머, 애 좀 봐! 메그, 그걸 왜 나한테 묻니? 올해 가든파티는 너희들이 모두 알아서 한다며?"

메그는 나설 수 없는 형편이었다. 아침 식사 전에 머리를 감은 그녀는 녹색 수건을 터번처럼 두르고 젖은 밤색 머리카락 몇 가닥을 두 볼에 찰싹 붙인 채 커피를 마시고 있었다. 멋쟁이 조즈는 나비 날개 같은 비단 페티코트에 일본풍의 웃옷을 걸치고 식당으로 들어서는 중이었다.

"로라, 네가 가 봐야겠다. 너의 예술가적인 감각을 발휘해 보렴."

4남매 중 막내인 로라는 버터 바른 빵을 손에 든 채 달려 나갔다. 그녀는 집 밖에서 음식을 먹어도 되는 좋은 구실이 생긴 데다가 일을 맡아하는 것을 좋아하는 성미였다. 셔츠 소매를 걷어붙인 네 명의 남자가 정원 사이로 난 오솔길에 모여 있었다. 큼직한 연장주머니를 어깨에 멘 그들은 모두 성실한 인상이었다.

'빵을 들고 나오는 게 아니었는데…. 어디 둘 데도 없고, 그렇다고 던져 버릴 수도 없고….'

얼굴이 빨개진 로라는 정숙한 숙녀답게 보이려 애쓰며

다가갔다.

"안녕하세요?"

로라는 어머니의 음성을 흉내 내어 인사를 했다. 그러나 자기가 느끼기에도 꾸민 듯한 티가 너무 나 어린애처럼 부끄러워하며 말을 더듬었다.

"아, 저…, 당신들은 저…, 천막 때문에 오신 분들이죠?"

"네, 아가씨, 그렇습니다."

그들 중 키가 제일 큰 남자가 대답했다. 훤칠하게 큰 키에 얼굴의 주근깨가 오히려 매력적으로 보이는 남자였다. 그는 밀짚모자를 뒤로 젖히고 미소를 지으며 그녀를 바라보았다. 검은빛이 도는 짙푸른 색의 눈이 정말 보기 좋았다.

남자의 미소는 상냥했고, 말투는 친밀감이 있었다. 그녀는 다른 사람들에게 눈을 돌렸다. 그들 역시 미소를 짓고 있었다. 그들의 미소는 '걱정 말아요, 아가씨. 물어뜯지는 않을 테니까요.'라고 말하는 듯했다. 그들의 친절한 미소와 성실한 인상에 로라는 마음이 편안해지는 것을 느꼈다.

'모두 순박한 사람들이네! 음, 천막을 어디에 치라고 할까?'

그녀는 빵을 들지 않은 손으로 흰 백합으로 둘러싸인 잔디밭 쪽을 가리켰다.

"저기 백합이 있는 잔디밭 쪽이 어떨까요? 괜찮지 않을까요?"

남자들은 일제히 고개를 돌려 그쪽을 바라보았다. 뚱뚱하고 작달막한 남자가 아랫입술을 삐죽이 내밀었다. 키 큰 남자는 고개를 가만히 저으며 말했다.

"별로 좋지 않은데요. 천막이 금방 눈에 띄지 않는 장소예요."

"그렇다면 테니스 코트 구석 쪽은 어때요? 악대가 근처에 자리 잡기로 되어 있거든요."

"악대도 옵니까?"

로라의 말에 얼굴이 창백한 일꾼이 물었다. 그는 우울한 눈빛으로 테니스 코트를 물끄러미 바라보았다.

"아주 규모가 작은 악대인걸요."

로라는 조용히 말했다. 하지만 그녀는 알 수 있었다.

악대의 규모가 크고 작음이 이 사람에게는 중요한 일이 아니라는 것을.

키 큰 남자의 의견에 따라 천막은 노란 열매가 주렁주렁 달린 카라카 숲을 등지고 치기로 결정됐다. 남자들은 천막을 둘러메고 그곳으로 향했다. 키 큰 남자만 혼자 남았다. 그는 허리를 구부려 라벤더의 잔가지를 엄지와 집게손가락 사이에 끼고 향기를 맡았다. 그의 행동을 말끄러미 지켜보던 로라는 라벤더 향기에 마음을 쓸 줄 아는 남자에게 그만 감동하고 말았다.

'아아, 정말 멋진 남자잖아. 내가 아는 남자들 중에 라벤더 향기에 취할 줄 아는 사람이 몇 명이나 될까? 같이 춤을 추고, 일요일 저녁이면 식사를 하러 오는 멍청한 남자 친구들 대신 저런 남자와 친구가 되는 게 더 좋으련만! 모두 다 불평등하기 짝이 없는 계급 탓이야.'

로라는 키 큰 남자의 외모와 행동에서 신분의 차이 따위는 느끼지 않았다. 그때 나무망치 소리가 쿵쿵 들려왔다. 누군가 휘파람을 휙 불었다. 이어 크게 외치는 소리가 들려왔다.

"그쪽은 어때, 형제?"

'형제라니! 얼마나 다정한 말인가!'

로라는 자기가 하찮은 인습 따위를 얼마나 경멸하는지 키 큰 남자에게 보여 주고 싶었다. 그 남자 옆으로 간 로라는 빵을 덥석 베어 물었다. 순간 그녀는 자기도 노동자 계급에 속한 듯 느껴졌다.

"로라, 어디 있니? 전화 왔다. 로라!"

집 안에서 부르는 소리가 들렸다.

"네, 가요!"

그녀는 경쾌한 걸음걸이로 잔디밭을 가로질러 현관으로 들어갔다. 현관에서는 아버지와 로리가 사무실에 나갈 준비를 하느라 솔로 모자를 털고 있었다.

"나는 가든파티가 정말 좋아! 오빠도 그렇지?"

로라는 흥분을 감추지 못하고 오빠를 살짝 껴안았다. 로리 역시 동생을 꽉 껴안아 주며 따뜻한 목소리로 말했다.

"그럼, 좋고말고! 그런데 전화 안 받을 거야?"

"맞다. 전화가 왔다고 그랬지, 참!"

로라는 아버지와 오빠에게 인사를 하는 둥 마는 둥하

고 전화기로 달려갔다.

"키티구나, 잘 지냈니? 점심 먹으러 오지 않을래? 그래, 온다고? 알았어. 물론 네가 오면 기쁘지. 뭐, 대단한 음식은 없어. 샌드위치 몇 조각하고, 머랭 쿠키하고, 먹다 남은 음식이 조금 있을 뿐이야. 오늘 아침 날씨 정말 좋지? 참, 너 흰옷 입고 올 거니? 응, 응, 나도 그럴 거야. 잠깐만 기다려. 끊지 말고. 엄마가 부르시나 봐."

로라는 수화기를 든 채 소리쳤다.

"엄마, 뭐라고 하셨어요? 잘 안 들려요."

위층에서 셰리든 부인의 목소리가 들려왔다.

"지난 일요일에 쓰고 왔던 그 귀여운 모자 쓰고 오라고 하렴! 참 예쁘더라."

"키티, 지난 일요일에 쓰고 왔던 귀여운 모자 있잖아. 엄마가 그거 쓰고 오래. 예쁘다고. 알았지? 그래 1시에 와. 안녕."

로라는 수화기를 내려놓고 귀를 기울였다. 집 안은 분주한 발소리와 바삐 움직이는 사람들의 말소리로 생기가 넘쳐흘렀다. 부엌으로 통하는 초록색 문이 시끄럽지 않을 정도로 계속 여닫혔다.

현관에서 초인종이 울리자 세이디의 사라사 치마가 스치는 소리가 들려왔다. 남자가 무어라고 말하는 소리가 들려와 로라는 현관으로 갔다.

"꽃가게에서 왔대요, 아가씨."

현관 입구에 핑크빛 백합 화분들이 한가득이었다. 꽃집 남자가 끌고 온 작은 마차에도 핑크빛 백합꽃이 가득 담겨 있었다. 모두 백합뿐, 다른 꽃은 없었다. 활짝 핀 핑크빛 칸나백합이 짙푸른 가지 위에서 말할 수 없이 싱그

러운 향기를 풍겼다.

"잘못 배달된 거 아닐까? 이렇게 어마어마하게 많은 백합꽃을 주문한 사람이 없을 텐데. 세이디, 가서 어머니 좀 모셔와."

그때 셰리든 부인이 아래층으로 내려오며 외쳤다.

"내가 주문한 거야, 로라! 예쁘지 않니? 어제 꽃가게 앞을 지나다 이 꽃들을 본 순간 일생에 단 한 번이라도 좋으니 칸나백합을 마음껏 사 보고 싶다는 생각이 들지 뭐니. 가든파티가 좋은 핑계가 된 셈이야."

셰리든 부인은 백합꽃 화분을 현관 통로 양쪽에 나란히 놓으라고 지시한 뒤 로라와 함께 응접실로 갔다. 응접실에서는 조즈가 두 손을 모아 쥐고 메그의 피아노 반주에 맞춰 가든파티 때 부를 노래를 연습 중이었다.

인생은 고달파라

눈물과 한숨

덧없는 사랑이어라

아…, 안녕!

노래는 세이디가 들어오는 바람에 중단됐다.

"저, 마님, 요리사가 샌드위치에 꽂을 작은 깃발이 있는지 묻는데요."

"샌드위치에 꽂을 깃발?"

셰리든 부인은 꿈꾸는 듯한 표정으로 되물었다. 어머니의 얼굴 표정을 보고 아이들은 그것이 없다는 것을 알아차렸다.

"세이디, 요리사에게 10분만 기다려 달라고 전해 주렴."

세이디는 셰리든 부인의 말이 채 끝나기도 전에 바삐 요리사에게 갔다.

"어느 봉투 뒤엔가 샌드위치 깃발에 써 넣을 목록을 적어 핸드백에 넣어 둔 것 같은데. 로라, 나하고 침실에 좀 가자. 네가 빨리 써 줘야겠다."

그러나 봉투는 식당 시계 뒤에 얌전히 놓여 있었다.

"틀림없이 핸드백에 집어넣었었는데…, 참 이상한 일도 다 있네. 로라, 서두르자. 크림치즈에 레몬커드. 다 썼니?"

"네."

"그리고 달걀하고, 또…."

셰리든 부인은 눈을 가늘게 뜨고 봉투를 들여다보았다.

"생쥐? 생쥐일 리가 없잖아!"

"올리브라고 적혀 있는데요."

로라가 엄마의 어깨 너머로 건너다보며 말했다.

"그래, 올리브로구나. 생쥐라니 정말 끔찍한 조합 아니니? 달걀과 올리브."

다 적고 난 로라는 깃발을 들고 부엌으로 갔다. 요리사가 깃발을 기다리는 사이 심통을 부리지 않을까 하여 부엌에 먼저 와 있던 조즈가 과장된 표정과 몸짓으로 수다를 떨고 있었다.

"샌드위치 종류가 몇 가지라고요?"

"열다섯 가지예요, 조즈 아가씨."

요리사는 기다란 샌드위치 칼로 빵 부스러기를 긁어모으며 활짝 웃었다.

"이렇게 먹음직스러워 보이는 샌드위치는 여태껏 본 적이 없어요. 어머나! 이 샌드위치는 먹기 아까울 정도로 예뻐요! 정말 훌륭한 솜씨예요."

그때 맛있기로 소문난 고드버 상점의 슈크림까지 배달

되어 왔다. 이제 가든파티 준비는 완벽하게 끝났다.

"언니, 정원으로 나가 보지 않을래? 천막이 어떻게 되었는지 보고 싶어. 그 일꾼들 말이야. 정말 멋있는 사람들이더라고."

로라가 조즈의 팔을 잡아끌며 부엌의 뒷문으로 나왔다. 뒤뜰에는 요리사, 세이디, 고드버 상점에서 온 사람, 게다가 한스까지 모여 있었다.

"어머, 세상에나! 쯧쯧쯧…."

요리사는 놀란 암탉 같은 소리를 냈다. 세이디는 지독한 치통을 앓는 사람처럼 두 손으로 양 볼을 감싸 쥐고서 있었다. 한스는 뭔가를 이해하려고 애쓰는 듯 잔뜩 찌푸린 표정이었다. 고드버 상점에서 온 사람만이 흥미롭다는 듯한 표정을 짓고 있었다.

"무슨 일 있어요?"

"끔찍한 일이 있었답니다. 사람이 죽었대요."

요리사가 말했다.

"사람이 죽었다고요? 어디서요? 언제요?"

조즈가 놀라서 묻자 고드버 상점에서 온 사람은 자기

가 가지고 온 소식을 남에게 빼앗기고 싶지 않다는 듯 앞으로 나섰다.

"아랫마을의 작은 판잣집 아시죠? 그 집에 사는 스코트라고 하는 마차꾼이 오늘 아침에 말이 놀라서 날뛰는 바람에 떨어져 죽었답니다. 여기 올 때 보니 마침 시신을 집으로 옮기는 중이더군요. 마누라와 어린것들을 다섯이나 남겨 두고 갔어요."

새파랗게 질린 로라는 덜덜 떨며 말했다.

"언니, 가든파티를 그만둬야 하지 않을까? 악대가 연주하는 음악 소리가 들리면 그 불쌍한 아줌마가 어떤 기분일지 생각해 봐."

"가든파티를 그만둬야 한다고? 산더미 같은 음식과 잔뜩 기대에 부풀어 있는 사람들은 어떡하고? 그런 바보 같은 말은 하지도 마, 로라."

조즈는 정색을 하고 화까지 냈다.

"바로 우리 집 대문 앞에 사는 사람이 죽었는데 가든파티를 열 수는 없잖아?"

아랫마을의 그 작고 엉성한 판잣집은 셰리든가의 저택

으로 통하는 가파른 고갯길 아래쪽에 있었다. 아랫마을에는 빨래하는 여자, 굴뚝장이, 구두 수선공들이 모여 살았다. 셰리든가의 아이들은 어렸을 적부터 말씨가 상스럽고, 무슨 병에 전염될지도 모른다고 하여 그곳에 드나드는 것을 금지 당했다.

로라는 어머니의 침실로 가 커다란 유리문의 손잡이를 돌리며 물었다.

"엄마, 들어가도 돼요?"

"들어와. 아니 무슨 일이니, 로라? 표정이 왜 그래?"

셰리든 부인은 새로 산 모자를 써 보고 있었다.

"엄마, 사람이 죽었대요."

"우리 집 마당은 아니겠지, 로라?"

"아, 아니에요, 엄마."

"그런데 왜 호들갑이야? 놀랐잖아."

셰리든 부인은 커다란 모자를 벗어 무릎 위에 놓았다.

목이 반쯤 멘 로라는 울먹이며 끔찍하고 무시무시한 사고에 대해 자세히 말했다.

"그러니 엄마, 가든파티를 열 수는 없지 않겠어요? 악대도 올 거고, 사람들도 많이 초대했잖아요. 흥겨운 음악 소리 하며 시끌벅적한 소리가 아랫마을 사람들에게도 들릴 거예요. 엄마, 사람이 죽었는데 그럼 안 되는 거 아닌가요? 가까이 사는 이웃이잖아요."

로라는 애원하듯이 말했다.

셰리든 부인 역시 조즈와 마찬가지로 어처구니없다는 표정을 지었다.

"정말 바보 같은 소리를 하는구나. 로라, 상식적으로 생각해 보렴. 우리는 그 소식을 우연히 들었을 뿐이야. 아랫마을에 사는 사람이 죽었다고 해서 가든파티를 그만 둘 필요까지는 없지 않겠니?"

로라는 어머니의 말에 고개를 끄덕일 수밖에 없었지만 마음속으로는 옳지 않은 일이라고 생각했다. 셰리든 부인은 들고 있던 모자를 로라에게 씌워 주며 탄성을 질렀다.

"어머나, 그림같이 예쁘구나! 너에게 이 모자를 주마. 자, 한 번 볼래?"

셰리든 부인이 손거울을 들어 올렸지만 로라는 거울을 볼 생각은 털끝만치도 없어 고개를 옆으로 돌려 버렸다.

"그렇지만 엄마….."

로라가 말을 계속하려고 하자 셰리든 부인은 조즈가 화를 낸 것처럼 버럭 화를 냈다.

"너 참 이상한 아이로구나! 아랫마을 사람들은 우리의 희생을 바라지도 않는다. 그리고 기대에 부푼 사람들의 기쁨과 즐거움을 망쳐 버리면서까지 하는 동정은 바람직하지 않아."

"저는 모르겠어요."

로라는 눈물을 훔치며 자기 방으로 달려갔다. 방에 들어선 그녀의 눈에 제일 먼저 띈 것은 거울에 비친 자기 모습이었다. 황금빛 데이지로 가장자리가 장식된 검은 모자를 쓴 소녀는 자기가 보기에도 아름답기 그지없었다. 검은 벨벳 리본은 어깨까지 늘어져 있었다.

로라는 자기가 이처럼 아름답게 보이리라고는 상상조차 해 본 적이 없었다. 순간 남편을 잃고 슬픔에 잠겨 있을 불쌍한 부인과 가여운 아이들, 집 안으로 옮겨지는 시신이 머릿속에 떠올랐다. 그러나 그 광경은 신문에 실린 사진처럼 흐릿해지면서 마치 꿈속의 일처럼 여겨졌다.

'어머니께서 말씀하신 대로 내 생각이 너무 지나친 걸까? 어쩌면 지나쳤는지도 모르지. 파티를 끝낸 뒤 다시 생각해 보기로 하자.'

로라는 지금으로서는 그렇게 하는 것이 제일 나을 것 같다는 생각이 들었다.

점심 식사가 끝난 뒤 모두들 파티를 즐길 생각에 들떠 있었다. 녹색 웃옷을 입은 악대가 도착해 테니스 코트 구석에 자리 잡고 앉았다. 악대가 연주를 시작하자 사람들은 짝을 지어 천천히 잔디 위를 거닐기도 하고, 허리를 굽혀 꽃을 바라보기도 하고, 인사를 나누기도 하며 돌아다녔다.

마치 선명한 빛깔의 새들이 날아가다 셰리든가의 정원에 내려앉은 것같이 보였다. 행복한 사람들과 함께 있으면서 손을 마주 잡기도 하고 뺨을 서로 갖다 대기도 하고, 혹은 서로 눈길을 주고받으며 미소를 짓는다는 것은 한없이 행복한 일이었다.

"로라 양, 정말 아름다우세요!"

"어쩜 모자가 그렇게 잘 어울릴까?"

"마치 스페인 아가씨 같아요. 오늘따라 더 예쁘시네요!"

로라는 살짝 붉어진 얼굴로 다정하게 말했다.

"차는 드셨어요? 아이스크림도 좀 드세요. 패션푸르츠 (시계꽃과의 열대 과일) 아이스크림 드셔 보셨어요? 꽤 근사한 맛이에요."

저녁놀이 하늘을 붉게 물들이자 활짝 피었던 꽃이 꽃잎을 오므리듯 흥겹기 그지없던 파티도 끝이 났다.

"이렇게 유쾌한 가든파티는 처음이에요."

"정말 즐거운 파티였어요."

로라는 어머니와 현관에 나란히 서서 손님들이 다 돌아갈 때까지 배웅했다.

"이제 다 끝났다. 로라, 커피라도 마시러 가자꾸나. 정말 대성공이야."

셰리든 가족은 손님들이 떠나 휑한 천막 안에 모여 앉았다.

"샌드위치 드세요, 아버지. 깃발은 제가 쓴 거예요."

"고맙다."

셰리든 씨는 샌드위치를 먹으며 말했다.

"오늘 아랫마을에 끔찍한 사고가 있었다는데, 너희들은 못 들었지? 부인과 다섯 명의 아이까지 있는 남자였다더구나. 안타까운 일이야."

"여보, 우리도 들어서 알고 있었어요."

셰리든 부인은 고개를 숙인 채 안절부절못하면서 컵을 만지작거렸다.

한동안 어색한 침묵이 흘렀다. 고개를 든 셰리든 부인의 눈앞 테이블에 손도 안 댄 샌드위치, 과자, 슈크림 등이 쌓여 있었다. 어차피 버려야 할 음식들이었다. 순간 셰리든 부인의 머릿속에 그럴 듯한 생각이 떠올랐다.

"좋은 생각이 떠올랐는데 말이야. 가엾은 가족에게 이 맛있는 음식을 가져다주자. 그 집 아이들에게는 최상의 음식일 테니까. 그리고 이웃 사람들이 문상을 올 텐데 이렇게 음식을 준비해 주면 좋아하지 않겠니? 로라, 큰 바구니 좀 가지고 오렴."

"엄마, 그다지 좋은 생각 같지 않은데요."

또다시 로라만이 의견이 다른 것 같았다.

'파티에서 먹다 남은 찌꺼기 음식을 갖다주는 것을 그

가여운 아줌마가 좋아할까?'

"너 오늘 진짜 이상하구나. 불쌍한 사람들을 동정해야 한다며 울 때는 언제고 이제 와서….'

"알았어요, 엄마."

로라가 가지고 온 바구니에 셰리든 부인은 한가득 음식을 담았다.

"로라, 네가 가져다주고 올래?"

천막에서 나온 로라가 정원 문을 닫았을 때는 땅거미가 지고 있었다. 큰길을 가로지르자 어둠침침한 샛길이 시작되었다. 커다란 개 한 마리가 그림자처럼 곁을 스쳐지나갔다. 로라는 고개를 숙이고 생각에 잠긴 채 걸음을 재촉했다.

'코트라도 걸치고 나올걸. 드레스가 너무 화려해. 벨벳 리본이 달린 모자도 그렇고. 이제라도 돌아가는 것이 좋지 않을까?'

그러나 이미 늦었다. 벌써 그 집 앞이었다. 밖에는 많은 사람들이 모여 있었다. 로라는 그들의 시선에서 벗어나고 싶었다. 아니면 여인들이 두른 숄이라도 상관없으니 몸을 가릴 수만 있다면 가리고 싶었다.

'아아, 여기서 도망치고 싶다.'

로라는 좁은 통로를 지나 문을 두드리며 "하느님, 도와주세요!"라고 중얼거렸다.

로라는 바구니만 놓고 돌아가야지 하고 마음속으로 굳게 다짐했다. 그때 문이 열리고 한 여인이 누추하고 천장이 낮은 부엌으로 그녀를 안내했다. 부엌의 난로 앞에 얼마나 울었는지 얼굴이 퉁퉁 부은 여인이 앉아 있었다.

"어머니가 이 바구니를 가져다드리라고 해서…."

그 여인은 로라가 왜 그곳에 왔는지 이해할 수 없다는 표정이었다.

'어째서 이 낯선 여자가 음식 바구니를 들고 우리 부엌에 와 있는 것일까.'

잠시 뒤 가련한 여인의 얼굴은 또다시 일그러졌다. 로라는 이곳에서 나가고 싶었다. 어서 빨리 떠나고 싶은 마음뿐이었다. 로라가 부엌에서 돌아서 나오는 순간, 복도바로 앞의 방문이 열렸다. 밖으로 나가는 문인 줄 알고 들어간 그 방은 초라한 침실이었다.

그곳에는 죽은 남자가 눕혀져 있었다. 젊은 남자는 두 번 다시 깨지 않을 꿈을 꾸며 너무도 곤히, 너무도 평화롭게 잠들어 있었다.

파티니 바구니니 레이스 달린 드레스니 하는 것들이 그에게 무슨 의미가 있겠는가? 그는 이 세상 모든 것과 작별을 고한 것이다. 로라는 어린아이처럼 울음을 터뜨렸다.

"제 모자… 용서해 주세요."

그 집을 빠져나온 로라는 어둠 속에서 서성거리는 사람들을 지나 골목길로 들어섰다. 골목길 모퉁이에서 로리가 기다리고 있었다.

"어머니가 걱정하고 계셔. 아무 일 없었니?"

"응, 오빠."

로라는 오빠의 팔을 붙들고 몸을 기댔다.

"아니, 울고 있잖아? 무서웠니?"

로라는 고개를 저으며 흐느꼈다.

"아, 아니야. 그냥 이상해서…. 오빠, 인생이란 게 말이야. 인생이란 게…."

그녀는 인생이 어떤 것인지 설명할 수가 없었다. 그런 건 중요하지 않았다. 로리는 동생의 마음을 충분히 이해하고 있었으므로.

"로라, 인생이란 게 그런 거 아니겠니?"

로리는 동생의 어깨를 가만히 감싸 안았다.

나눔은 '함께 행복한 것'

딸   이웃의 불행을 외면하다니 자비심이라고는 없는 사람들이에요.

※

상류층 셰리든가의 막내딸 로라는 아랫마을 판잣집에 사는 마차꾼이 죽었다는 소식을 듣고 가든파티를 중단하자고 해. 언니 조즈와 어머니는 유난을 떤다며 반대하지. 그들에게 가난한 자들은 친구도 가까이할 이웃도 아니었으니까.

로라네 가족을 몹쓸 사람들이라고 할 수는 없어. 단지 이웃의 불행을 집 안으로 끌어들이고 싶어 하지 않았을 뿐이지. 하지만 선량한 사람들이라고 할 수도 없지. 이웃의 불행을 외면한 채 슬픔을 함께 나누려고도 위로해 주려고도 하지 않은 자비심이 없는 사람들이니까.

작가 맨스필드는 선으로 긋듯이 길 하나를 사이에 두고 흥겨운 가든파티와 슬프고 안타까운 죽음이 마주한 상황을 통해 사람들이 이웃의 불행과 나눔의 소중함에 대해 얼마나 무관심하고 형식적인지를 잘 보여 주고 있지.

캐나다 밴쿠버의 한 대학 캠퍼스에서 학생들을 대상으로 실험을 했어. 실험에 참가한 학생들에게 5달러와 20달러의 돈을 각각 나눠 주고 그 돈을 쓰게 한 뒤 행복도의 변화를 측정했지. 그 결

아빠 나눔은 받는 사람과 주는 사람 모두 '함께 행복한 것'이라는 것
     을 몰랐던 거지.

과 돈의 많고 적음은 행복도에 영향을 미치지 않았어. 그런데 그
돈으로 커피를 마시거나 필요한 물건을 산 사람들에 비해 이웃을
돕거나 거지에게 나눠 준 사람들의 행복도가 훨씬 높았다고 해.
나눔은 받는 사람과 주는 사람 모두 '함께 행복한 것'이라는 사실
이 드러난 실험이었지.

 동정심과 자비심의 측면으로 바라보던 '나눔'은 이제 살아가면
서 꼭 실천해야 할 가치로 자리매김하고 있어. 잠시 마음을 움직
여 손을 내미는 것은 힘든 일이 아니야. 도움이 필요한 어려운 이
웃에게 먼저 손을 내밀어 봐. 소외된 이웃에게 따뜻한 힘이 되어
줄 테니까. 끝으로 2013년 세상을 떠난 소설가 최인호의 《눈물》
의 한 소절을 들려줄 테니 마음에 새겼으면 해.

우리들이 이 순간 행복하게 웃고 있는 것은 이 세상 어딘가에서 까
닭 없이 울고 있는 사람의 눈물 때문입니다. 그러므로 우리는 이 세
상 어딘가에서 울부짖고 있는 사람과 주리고 목마른 사람과 아픈
사람과 가난한 사람들의 고통을 잊어서는 안 됩니다.

눈먼 딸과 어머니

에드워드
골드 세이더

나는 피치 못할 사연으로 헤어진 사람들을 만나게 해 주는 좀 유별난 직업을 갖고 있다. 안타까운 사연으로 가까운 이와 헤어져 눈물로 세월을 보내던 사람들이 내 도움으로 감동적인 재회를 하는 것을 볼 때마다 보람을 느끼며 내 직업에 만족했다.

내가 만나게 해 준 사람들 가운데 스콰이어즈 부인의 사연은 지금도 떠오를 때마다 감동이 물결친다.

어느 날 스콰이어즈 부인에게서 편지 한 통이 날아왔다.

나는 지금의 남편과 1959년에 재혼을 했습니다. 전남편은 한국전쟁에 참전했다가 전사했지요. 재혼하기 4년 전에, 그러니까 지금으로부터 12년 전에 전남편과의 사이에 낳은 딸을 고아원에 맡겼습니다. 남편도 없이 어린

딸아이의 양육과 생활을 감당하기가 여간 힘들지 않았
기 때문이었습니다.

딸아이의 이름은 클로디어이고, 당시 여덟 살이었습니
다. 금발에 눈이 파란 클로디어는 참으로 예쁜 아이였지
요. 입양동의서에 서명을 하고 클로디어를 고아원에 맡
긴 뒤 저는 유일한 혈육인 외동딸을 떠나보낸 것이 후회
스러워 견딜 수 없이 괴로웠습니다.

스콰이어즈 부인의 편지에 따르면 딸을 고아원에 맡긴
뒤 1년 동안은 고아원에서 아이의 소식을 이따금씩 보내
왔다고 한다. 클로디어가 음악에 탁월한 재능을 보여 성
악 레슨을 받고 있다는 소식을 보내오기도 했다.

그러나 1년쯤 지난 뒤 딸의 소식은 뚝 끊겨져 버렸다
고 한다. 고아원에 알아보니 클로디어를 어느 집 양녀로
입양 보냈다고 했다. 그 이후 딸을 만나고 싶어 백방으로
알아보았지만 클로디어에 대한 소식은 더 이상 들을 수
없었다고 한다.

그렇게 12년의 세월이 흐른 것이다. 모녀를 꼭 만나게

해 주고 싶었다. 나는 12년 전 고아원에 맡겨졌다 입양된 아이 클로디어를 찾는 일을 시작했다. 먼저 클로디어가 1년간 지냈던 고아원으로 가 보았다.

역시나 아무런 실마리도 찾을 수 없었다. 하지만 전혀 소득이 없었던 것은 아니었다. 고아원 관계자가 무심결에 내뱉은 한마디를 놓치지 않았던 것이다.

"요즘 일을 하고 있다고 들은 것 같은데….."

나는 추리를 해 보았다.

"'일'을 하고 있다고? 어린 시절 음악적 재능을 인정받아 성악 레슨을 받았다고 했지? 그렇다면 혹시 지금쯤 직업 가수가 되어 있지는 않을까?"

나는 곧바로 성악가와 가수 명단을 샅샅이 뒤지기 시작했다. 금발에 파란 눈, 나이는 스물한 살 안팎인 가수 중에 클로디어라는 이름을 가진 사람은 세 명이었다. 그 중 고아원 출신이며 입양된 경력을 가진 인물이 한 사람 있었다.

클로디어 블레어.

그녀는 로스앤젤레스의 작은 나이트클럽에서 노래를

부르는 가수였다. 나는 그녀에게 만나고 싶다는 간략한
내용의 편지를 보낸 뒤 곧바로 로스앤젤레스로 날아갔다.

나이트클럽 안으로 들어가자 한창 쇼가 진행 중이었
다. 나는 그녀의 순서가 끝나기를 기다려 무대 뒤로 찾아
갔다. 금발의 아름다운 아가씨였다. 다소곳이 앉아 있던
그녀는 내 기척에 고개를 돌렸다.

"안녕하세요? 멀리까지 오시느라 고생은 하시지 않으
셨나요?"

그녀는 앉은 채로 손을 내밀어 악수를 청했다. 나는 가까이 다가갔다. 그 순간 마주한 그녀의 초점 없는 눈빛. 그녀는 앞을 보지 못하는 장애인이었다.

전혀 예상치 못했던 일이라 당황한 나는 그녀가 내민 손을 잡으며 말을 더듬었다.

"안, 안녕하세요. 만, 만나서 반가워요."

마음을 진정시킨 나는 그녀를 찾아온 이유를 차근차근 이야기했다. 가만히 듣고 있던 그녀의 표정이 순식간에 싸늘하게 변했다. 클로디어는 차가운 목소리로 내 말을 끊었다.

"이제 됐습니다. 그만하세요."

나는 입을 다물 수밖에 없었다.

"맞아요, 나는 여덟 살 때 버림을 받았죠! 앞을 보지 못하게 되었다고 친어머니에게 버림을 받은 아이, 그 아이가 바로 나예요!"

어머니를 원망하는 클로디어의 마음은 내가 상상했던 것 이상으로 깊었다.

"지금껏 나를 버린 어머니가 어디에 살고 있는지 모른

채 살아왔어요. 궁금하지도, 알고 싶지도 않았습니다. 단한 번도요. 나의 양부모님은 장애인이라고 생모가 버린 나를 친자식 이상으로 사랑하며 키워 주셨습니다. 내 친부모는 그분들입니다."

클로디어는 양부모에 대해서는 끔찍한 애정을 갖고 있는 듯 보였다.

"어머니께서 클로디어 양을 만나고 싶어 하십니다. 단한 번만이라도 좋으니 친어머니를 만나 드리는 것이 어떻겠습니까?"

"싫습니다. 이제 그만 가 주세요."

그녀는 단호하게 거절했다.

나는 맥없이 물러나왔다.

로스앤젤레스에서 돌아온 나는 스콰이어즈 부인에게 전화를 걸어 클로디어의 근황을 알려 주었다. 클로디어는 시각장애인 가수로 잘 지내고 있더라는 것, 그리고 친어머니를 원망하는 마음이 마음속 깊이 자리 잡고 있다는 것도 덧붙여 말해 주었다.

흐느끼며 듣고 있던 스콰이어즈 부인은 한참 만에야

입을 열었다.

"그러리라고 생각은 했지만 정말 슬프고 안타깝군요. 그 애의 마음을 돌릴 방법이 없을까요?"

"글쎄요, 쉽지 않을 듯합니다. 클로디어 양의 말에 의하면 자기가 고아원에 맡겨질 무렵에 눈이 크게 나빠지기 시작했다던데요. 그게 사실입니까? 클로디어 양은 그래서 친어머니가 자기를 버렸다고 하던데요?"

울음을 그친 스콰이어즈 부인은 잠시 주저했다.

"맞습니다. 하지만 피치 못할 사정이 있었습니다. 한 번 더 부탁드리겠습니다. 단념하시지 말고 애 좀 더 써 주세요."

스콰이어즈 부인의 정중한 부탁에 나는 다음 날 클로디어의 양부모를 찾아갔다.

양부모인 블레어 부부 역시 클로디어의 생모에 대해서 좋지 않은 감정을 가지고 있었다. 한 시간 넘게 설득한 끝에 간신히 그들의 마음을 돌릴 수 있었다.

"그럼 클로디어를 타일러 보지요."

생모에 대한 원망과 한은 클로디어의 인생에 그늘을

드리울 것이며, 결국 그것이 불치의 병으로 남을지도 모른다는 협박 아닌 협박이 통했던 것이다.

다음 날 나는 클로디어에게 전화를 걸었다. 그녀는 악을 쓰듯 소리쳤다.

"모르시겠어요? 나는 버림을 받은 거라고요!"

울음이 터진 그녀는 흐느껴 울었다.

"내가 엄마를 가장 필요로 할 때 엄마는 날 버렸어요. 앞을 보지 못하는 딸이 거추장스러웠겠죠. 그런데 이제 와서 엄마를 용서하라고요? 왜? 제가 왜 그래야 하죠?"

"어머니에게도 말 못할 사정이 있으셨답니다. 따님께 하실 말씀이 있으시다니 한 번 만나 소원을 풀어 드리는 것이 좋지 않을까요?"

전화기 너머에서는 흐느낌 소리만 간간이 들릴 뿐 긴 침묵이 이어졌다.

"알았어요. 지금껏 양부모님의 말씀을 단 한 번도 거역한 적이 없습니다. 이 일로 그분들을 실망시켜 드리고 싶지 않아요. 만나 보겠습니다. 하지만 딱 한 번뿐이에요. 거듭 말씀드리지만 내 마음은 절대 변치 않아요. 절대로!"

통화를 마친 나는 곧바로 스콰이어즈 부인에게 클로디어의 의사를 전해 주었다. 스콰이어즈 부인은 들뜬 목소리로 그날 밤 당장 남편과 함께 로스앤젤레스로 오겠다고 했다.

다음 날 아침 나는 클로디어를 스콰이어즈 부인이 머물고 있는 호텔로 데리고 갔다. 걸음걸이라든가 냉정한 표정 등 생모를 만나는 일을 조금도 내켜 하지 않는다는 것을 온몸으로 드러내고 있었다.

클로디어는 혼자서는 결코 어머니가 있는 방에 들어가지 않겠노라고 고집했다. 나는 하는 수 없이 클로디어와 함께 방 안으로 들어갔다.

방 안의 커다란 소파에 파란 눈의 여인이 조용히 앉아 있었다. 흰 머리칼이 다소 섞여 있었지만 클로디어의 언니 정도로밖에 보이지 않을 만큼 젊고 아름다웠다.

"안녕하세요?"

클로디어가 먼저 떨리는 목소리로 인사했다.

스콰이어즈 부인 역시 떨리는 목소리로 말했다.

"몇 년 만이지? 너를 만나면 할 얘기가 많을 것 같았는데 어찌된 셈인지 도무지 생각이 안 나는구나. 네 목소리는 하나도 변하지 않았어. 옛날하고 조금도 다르지 않구나."

오랜만에 듣는 친어머니의 목소리에 클로디어가 긴장했다.

"이리 가까이 온. 너를 찬찬히 좀 보고 싶구나!"

나는 클로디어의 손을 이끌어 어머니 가까이로 데려갔다. 소파에서 일어난 어머니가 두 팔을 벌렸다. 나는 딸을 끌어안으려는 줄 알고 뒤로 물러섰다.

그러나 그것이 아니었다. 어머니는 딸의 어깨에 손을 얹었다. 그 손은 딸의 얼굴로 천천히 올라갔다. 그리고 손가락으로 재빨리 얼굴을 더듬고 나서는 다정하게 말했다.

"어쩜, 많이 컸구나! 게다가 아주 예뻐졌어!"

클로디어는 세상에서 가장 값진 보물을 대하듯 제 얼굴을 더듬고 있는 어머니의 손을 만지며 울음 섞인 목소리로 말했다.

"어머니도… 어머니도… 눈이…."

더 이상 말을 잇지 못했다.

"그래, 안 보인단다. 네 눈이 멀기 시작할 때 내 눈도 나빠지기 시작했지. 그렇지만 너를 만나면 알아볼 수 있을 거라고 생각해 왔단다."

클로디어가 울음을 터뜨렸다.

"아, 엄마가 앞을 보시지 못하리라고는 생각도 못했어요. 진작 알았더라면…. 나를 버린 것도, 그리고 나를 데리러 오시지 않은 것도 무리가 아니었군요. 그렇지만 아무도 나에게 그런 사실을 알려 주지 않았단 말이에요."

유전성 눈병을 앓고 있던 스콰이어즈 부인은 딸에게도 똑같은 증상이 나타나자 딸을 고아원에 맡긴 것인데, 클로디어는 그 사실을 전혀 몰랐던 것이다. 나는 스콰이어즈 부인에게 왜 내게도 자신이 시각장애인이라는 사실을 알려 주지 않았는지 물었다.

"저는 선생님께서 딸아이한테 그 말을 할까 봐서 그랬습니다. 딸아이가 앞을 보지 못하는 엄마를 동정하는 마음에서 만나 주는 것은 참을 수 없었거든요."

곧 앞을 보지 못하게 될 여자 혼자 시력을 잃어 가는

딸의 보호자가 되기를 고집한다는 것은 현명치 못한 일이라고 생각했던 어머니.

그 어머니를 원망하는 마음을 품고 12년의 세월을 살아왔던 클로디어는 친어머니의 뜨거운 사랑과 깊은 마음을 비로소 이해할 수 있었다.

사랑 뒤에 가려진 어머니의 희생

딸   딸을 고아원에 맡길 수밖에 없었던 어머니의 사연이 가슴 아프네요.

"두껍아 두껍아, 헌 집 줄게 새 집 다오."라고 노래 부르며 하는 '두꺼비 집 짓기 놀이' 알지? 이 노래에서 '헌 집'은 '자식을 위해 희생하는 어머니'를 말하고, '새 집'은 '자식'을 말해. 이 노래에는 옴두꺼비 어미의 자식을 향한 눈물겨운 사랑과 희생정신이 담겨 있단다.

평상시에는 독사를 보면 피하는 옴두꺼비는 알을 품으면 독사에게 일부러 다가가 독을 내뿜으며 싸우다 잡아먹혀. 독사 뱃속에 들어간 옴두꺼비는 남겨 둔 독을 쏘아 독사도 죽게 하지. 뱃속의 알들은 어미 옴두꺼비와 독사를 먹고 건강한 새끼 옴두꺼비로 태어나. 이 이야기에서 두꺼비 집 짓기 놀이가 유래되었다고 해.

원숭이 역시 옴두꺼비 못지않게 모성애가 남다르기로 유명한 동물이야. 옛날 중국에서 어떤 사람이 새끼 원숭이 한 마리를 잡아 배에 싣고 가자 어미가 100리까지 쫓아왔대. 배가 강기슭에 닿자 어미도 곧장 배에 뛰어올랐지만 바로 죽고 말았대. 어미 원숭이의 배를 갈라 보니 너무 애통해한 나머지 창자가 토막토막 끊어져 있었다는구나. 이 이야기에서 '몹시 슬퍼서 창자가 끊어지는

아빠   우리들의 '오늘'은 '어머니의 사랑과 희생 덕분'이라는 것을 잊지
말아야 한단다.

듯하다'는 뜻의 '단장(斷腸)'이라는 고사가 생겨났어.

동물의 자식 사랑도 이러한데 하물며 만물의 영장인 인간이야
오죽할까. 열 달을 품어 생명체로 탄생을 시키는 수고, 젖 먹이는
수고, 자신은 먹지 못해도 자식은 먹이고, 자식이 성인이 되어서
도 손을 놓지 못하고 온갖 뒷바라지를 하며, 죽음의 순간에도 자
식을 지키기 위해 몸을 던지지. 어머니의 삶은 그야말로 고통의
연속이며, 생명이 다하는 그날까지 희생하는 것이 바로 어머니라
는 존재란다. 우리들의 '오늘'은 '어머니의 사랑과 희생 덕분'이라
는 것을 잊지 말아야 해.

남편을 잃은 부인을 '과붓집'이라고 하고, 아내를 잃은 남자를
'홀아비'라고 하며, 부모를 잃은 자식을 '고아'라고 하지. 그러나
그 어느 나라 말에도 자식을 잃은 부모를 가리키는 단어는 없다
고 해. 어머니의 자식을 향한 사랑을 거룩한 본능이라고 말하지
만 어머니의 사랑을 그 어떤 말로 완벽하게 표현하는 것은 불가
능한 일일지도 몰라. 사랑의 깊이가 너무나 깊어서 아무도 그 깊
이를 측정할 수 없기 때문에.

카슈탄카

안톤
체호프

닥스훈트 잡종인 갈색 개 한 마리가 행인들 다리 사이를 이리저리 뛰어다니며 두리번거렸다. 여우를 닮은 개는 발이 시린지 멈춰 서서 발을 번갈아 들어 올리며 짖어 댔다. 개는 잔뜩 겁에 질린 눈으로 거리 곳곳을 살피며 어떻게 이런 일이 일어났는지 이해하려고 했다.

'주인은 어디 갔지? 길을 잃어버렸나?'

카슈탄카는 오늘 하루를 어떻게 보냈는지 분명히 기억하고 있었다. 카슈탄카의 주인 루카는 목수였다. 그날 아침, 루카는 손님에게 배달할 목공품을 붉은 보자기에 싸서 옆구리에 끼고 소리쳤다.

"카슈탄카, 가자!"

작업대 아래 쌓인 대팻밥 더미에서 잠을 자고 있던 카슈탄카는 눈을 번쩍 떴다. 앞다리를 쭉 내밀어 기지개를 켠 뒤 신이 나서 주인을 따라나섰다.

카슈탄카는 오늘 자신이 아주 버릇없이 굴었다는 것이 떠올랐다. 주인과 함께 외출하는 기쁨에 들떠 껑충대며 앞서 내달렸고, 철도마차를 향해 돌진하며 짖어 댔으며, 다른 개들을 뒤쫓아 컹컹 짖어 대며 뛰어다녔다. 화가 나서 소리쳐 부르는 주인에게 달려가자 여우 귀처럼 생긴 귀를 사정없이 흔들며 욕을 퍼부었다.

"너 죽고 싶어? 이 빌어먹을 개 같으니라고!"

물건을 배달해야 하는 곳은 대체로 멀었다. 먼 길을 오가며 루카는 선술집에 들러 술을 마시는 일을 거른 적이 없었다. 그날 역시 선술집에서 한 차례 술을 들이켰다. 오후가 되어 배달을 마친 주인은 여동생 집에 들러 식사를 하고 차까지 마셨다. 그 뒤 재봉공에게 갔다가 또 선술집에 들러 술을 마시고, 돈을 빌리기 위해 대부업자의 집으로 가는 등 이곳저곳 돌아다녔다. 어느새 거리에는 어둠이 내려앉고 있었다. 술에 취한 주인은 비틀거리며 중얼거렸다.

"카슈탄카, 이 벌레 같은 놈아. 네가 인간으로 태어났다면 너도 역시 벌레 같은 목수가 되었을 거다. 알아?"

주인은 죄 없는 카슈탄카에게 술주정을 해 댔다. 카슈탄카는 자기가 무슨 잘못을 했나 생각하며 눈을 내리깔고 조용히 걸었다.

그때 시끄러운 음악 소리가 들려왔다. 군악대가 나팔을 불고 북을 두드리며 행진을 하고 있었다. 카슈탄카는 나팔소리와 북소리가 신경에 거슬려 큰 소리로 짖으며 껑충껑충 뛰었다.

놀랍게도 주인은 화를 내지도 소리치지도 않았다. 오히려 이를 드러내고 씩 웃으며 차렷 자세를 취하더니 오른손을 척 들어 올려 경례를 했다. 주인이 야단을 치지 않자 카슈탄카는 더 크게 짖으며 군악대를 향해 미친 듯이 돌진했다.

군악대가 멀리 사라지자 정신을 차린 카슈탄카는 주인이 있던 곳으로 되돌아왔다. 그런데 아무도 없었다. 주인이 서 있던 자리를 뱅글뱅글 맴돌며 주인을 찾았지만 보이지 않았다. 컹컹 짖으며 주인을 불렀다. 자기가 짖는 소리만 울려 퍼질 뿐이었다. 길 앞쪽으로, 다시 뒤쪽으로, 길 건너편까지 달려가 보았지만 주인을 찾을 수 없었다. 카슈탄카는 코를 땅에 박고 냄새를 맡기 시작했다. 혹시라도 남아 있을 주인의 체취를 찾기 위해서였다.

그러나 어느 파렴치한 인간이 고무 밑창이 달린 새 신발을 신고 지나갔는지 길바닥에서는 온갖 냄새와 고약한 고무 냄새가 뒤섞여 주인의 체취를 가려낼 수 없었다.

카슈탄카가 사방으로 뛰어다니며 주인을 찾는 사이 깜깜한 밤이 되었다. 함박눈까지 펑펑 쏟아지기 시작했다. 낯선 손님들의 다리가 카슈탄카의 시야를 가리거나 카슈탄카를 밀치며 끊임없이 스쳐 지나갔다. 카슈탄카는 인간들을 주인과 손님, 두 부류로 구분했다. 주인은 자기를 때릴 권리가 있는 사람이고, 손님은 자기가 종아리를 깨물 수 있는 사람이었다. 지금 카슈탄카는 자기에게 아무 관심도 없이 종종걸음으로 바삐 걸어가는 손님들의 종아리를 물 기분이 아니었다.

주위가 완전히 어둠 속에 잠기자 카슈탄카는 공포와 절망에 휩싸였다. 귀와 발은 꽁꽁 얼었고 배는 무척 고팠다. 오늘 먹은 것이라고는 재봉공의 집에서 녹말풀 조금과 선술집에서 우연히 발견한 소시지 껍질을 먹었을 뿐이다.

춥고 불안해진 카슈탄카는 창문을 환히 밝힌 어느 집 문가에 기대앉은 채 구슬프게 울부짖었다. 함박눈이 머리와 등에 소복이 쌓였다. 지친 카슈탄카는 까무룩 잠에 빠져들었다. 얼마 뒤 갑자기 문이 벌컥 열렸다. 깜짝 놀라 펄쩍 뛰어오른 카슈탄카는 손님 부류에 속하는 어떤 사람의 발밑에 나동그라졌다. 카슈탄카는 재빨리 일어나 으르렁거렸다.

"아이고, 미안하구나. 다치지는 않았니? 화내지 마라, 화내지 마."

카슈탄카는 속눈썹에 내려앉은 눈송이 사이로 낯선 사람을 올려다보았다. 면도를 한 깨끗한 얼굴에 모피 외투를 입은 그 사람은 작은 키에 통통했다. 그 사람은 카슈탄카의 등에 쌓인 눈을 털어 주며 말했다.

"왜 그렇게 구슬프게 울었니? 길을 잃었니? 아유, 불쌍해라!"

카슈탄카는 다정한 목소리에 경계심을 풀고 그의 손을

핥으며 애처롭게 낑낑댔다.

"아유, 착해라! 너 여우랑 정말 똑같이 생겼구나. 나와
함께 우리 집에 갈래? 자, 가자."

손짓하는 그를 따라 그의 집으로 간 카슈탄카는 따뜻
한 방에 앉아 식탁에서 식사 중인 낯선 사람을 감동과 호
기심 어린 눈빛으로 올려다보았다. 그는 식사를 하는 중
간중간 카슈탄카에게 음식을 주었다. 처음에는 빵 조각
과 치즈, 다음에는 고깃덩어리, 케이크 반 조각, 닭고기

들을 주었다. 배가 고프기도 했지만 이렇게 맛있는 음식은 난생처음 먹어 보는 것이었다. 카슈탄카가 허겁지겁 먹어 치우자 그는 음식을 더 주었다.

"자, 더 먹어라. 네 주인이 먹을 걸 제대로 주지 않았구나. 너 너무 말랐어. 뼈하고 가죽밖에 없구나."

정신없이 먹고 난 카슈탄카는 다리를 쭉 뻗고 방 한가운데 누웠다. 새 주인이 안락의자에 편안히 앉아 신문을 보는 동안 카슈탄카는 꼬리를 흔들며 고민에 빠졌다.

'새 주인집이 좋을까? 예전 주인집이 좋을까?'

새 주인집에는 안락의자, 소파, 램프, 양탄자밖에 없었다. 그러나 예전 주인집에는 책상, 작업대, 대팻밥 더미, 갖가지 대패들, 끌, 톱 등 집 전체가 물건들로 가득했다. 그리고 새 주인집에서는 냄새가 나지 않았다. 그러나 예전 주인집에서는 아교풀, 바니시, 대팻밥 냄새가 늘 집안에 떠돌았다.

새 주인의 좋은 점은 먹을 것을 많이 준다는 것과 인정이 많다는 것이었다. 카슈탄카가 식탁 아래 앉아 간절하게 쳐다볼 때도 단 한 번도 때리지 않았고, 발길질을 하지도 않았으며, "저리 꺼져! 이 썩을 놈아!" 하고 소리치지도 않았다.

카슈탄카는 새 주인이 마련해 준 작은 방석에 누워 눈을 감았다. 갑자기 슬픔이 밀려왔다. 예전 주인인 목수와 그의 아들 페듀시카, 작업대 밑의 편안한 잠자리가 떠오른 것이다. 페듀시카와 장난을 치던 일도 떠올랐다.

페듀시카는 카슈탄카와 장난치며 노는 걸 좋아했다. 카슈탄카가 작업대 밑에서 자고 있으면 뒷발을 잡아당기며 끌어냈다. 얼마나 세게 잡아당기는지 눈앞이 노래지고 다리가 떨어져 나갈 것처럼 아팠다. 아니면 꼬리를 힘껏 잡아당겨 비명을 지른 적이 한두 번이 아니었다. 그 정도는 그런 대로 참을 수 있었다. 실에 묶은 고기 한 조각을 주고는 카슈탄카가 삼키면 깔깔대며 실을 잡아당기는 장난은 정말이지 너무나 고통스러웠다. 카슈탄카는 고기를 다시 뱉어 내야만 했던 기억을 떠올리며 구슬픈 소리로 낑낑댔다.

그러나 지친 몸과 따뜻한 방 안이 카슈탄카의 서러움을 눈 녹듯 녹여 주었다. 잠에 빠져든 카슈탄카는 꿈을 꾸었다. 꿈에서 카슈탄카는 털이 복슬복슬한 개가 된 페듀시카와 다정하게 서로의 냄새를 맡기도 하고 신나게 거리를 뛰어다니기도 했다.

아침이 되어 잠에서 깬 카슈탄카는 호기심에 가득 찬 눈으로 새 주인집 탐색에 나섰다. 침실에 들어가자 새 주인은 침대에서 이불을 뒤집어쓰고 잠을 자고 있었다. 침실에 어딘가로 통하는 문이 있어 가슴으로 밀고 들어가자 아주 이상하고 의심스러운 냄새가 났다. 여기저기 살

피다 더러운 벽지가 발라진 방으로 들어선 카슈탄카는 공포에 질려 뒷걸음질을 치며 짖기 시작했다.

회색 거위가 날개를 펼치고 꽥꽥거리며 카슈탄카를 향해 돌진해 왔다. 방석 위에 누워 있다 벌떡 일어난 하얀 고양이는 등을 구부리고 꼬리와 털을 바짝 곤두세운 채 금방이라도 날카로운 발톱으로 얼굴을 할퀼 것처럼 위협했다. 뒷걸음질하던 카슈탄카는 공포심을 드러내지 않으려고 고양이에게 달려들며 짖어 댔다. 그때 뒤에서 다가온 거위가 부리로 카슈탄카의 등을 사정없이 쪼아 댔다.

"왜 이렇게 시끄러워? 모두 제자리로 가!"

새 주인이 들어와 성난 목소리로 외쳤다. 고양이에게 다가간 새 주인은 잔뜩 구부린 등을 손가락으로 퉁기며 말했다.

"표도르 티모페이치, 네 자리로 얼른 돌아가! 늙은 악당 같으니라고!"

거위에게도 소리쳤다.

"이반 이바니치, 제자리에! 싸우지 말고 사이좋게 지내야지."

카슈탄카가 구슬프게 울기 시작하자 새 주인은 카슈탄카를 쓰다듬어 주며 말했다.

"무서워할 것 없어. 착한 녀석들이란다. 그런데 참 너를 뭐라고 부르지? 이름이 없으면 곤란한데."

새 주인은 잠시 생각하더니 말했다.

"아줌마가 좋겠군. 자, 네 이름은 아줌마야. 알겠어? 아줌마야!"

아줌마라는 단어를 몇 번 반복한 뒤 새 주인은 방에서 나갔다. 아침 식사를 마치고 다시 돌아온 새 주인은 거위를 불렀다.

"이반 이바니치, 이리 와!"

거위는 그에게 다가가 준비 자세로 멈춰 섰다.

"자, 제일 먼저 고개 숙여 인사한다."

거위는 목을 길게 빼고 발을 가볍게 부딪치며 사방에 절을 했다.

"좋아! 잘했어. 다음은 죽은 척하기!"

새 주인의 명령이 끝나기가 무섭게 거위는 등을 대고 누워 두 다리를 위로 쳐들었다. 흡족한 웃음을 짓던 새 주인은 갑자기 공포에 찬 얼굴로 소리쳤다.

"불이야! 불! 불!"

거위는 나무 기둥으로 뛰어가 부리로 밧줄을 물어 당기며 종을 울렸다. 새 주인은 무척 만족스러운 얼굴로 거위의 목을 쓰다듬었다.

"잘했다! 이반 이바니치! 이제 너는 금은보석을 파는 보석상이야. 가게에 갔더니 거기에 도둑이 있어. 그럼 어떻게 해야 하지?"

거위가 부리로 다른 밧줄을 잡아당기자 귀가 먹먹할 정도로 총소리가 울려 퍼졌다. 카슈탄카는 그 소리가 마음에 들어 뛰어다니며 컹컹 짖어 댔다.

"아줌마! 제자리로! 조용히 해야지!"

새 주인이 카슈탄카에게 소리쳤다.

거위의 훈련은 계속됐다. 새 주인이 탁탁 소리를 내며 채찍을 휘두르면 그 소리에 맞춰 거위는 장애물을 뛰어넘고 둥근 테를 통과해 뒷발로 똑바로 서야 했다.

새 주인은 이마에 흐르는 땀을 닦으며 누군가를 소리쳐 불렀다.

"마리야, 하브로니야 이바노브나를 데려와!"

잠시 뒤 방문이 열리고 노파가 못생긴 검정 돼지를 안으로 들여보냈다. 돼지는 짖어 대는 카슈탄카는 아랑곳하지 않고 코를 쳐든 채 꿀꿀거리기 시작했다. 주인과 거위, 고양이를 만난 게 반가운 모양이었다. 주인이 나무 기둥을 치우더니 소리쳤다.

"표도르 티모페이치, 자!"

나른하게 기지개를 켠 고양이는 내키지 않지만 은혜를 베푼다는 듯 도도한 걸음걸이로 돼지에게 다가갔다.

"자, 이집트 피라미드부터 시작해 보자. 하나, 둘, 셋!"

주인의 명령에 거위가 먼저 날개를 펄럭이며 돼지 등 위로 올라섰다. 거위는 날개와 기다란 목으로 균형을 잡고 섰다. 느릿느릿 돼지의 등 위로 올라간 고양이는 다시 거위 등 위로 올라갔다. 그러고는 천천히 앞발을 들어 가슴에 모으고 뒷발로만 섰다. 카슈탄카는 기쁨에 넘쳐 경중경중 뛰었다. 카슈탄카에게는 새로운 경험으로 가득 찬 하루가 쏜살같이 지나갔다. 그날 밤 카슈탄카는 자신의 방석과 함께 고양이와 거위가 있는 방으로 옮겨졌다.

새 주인은 거위와 고양이에게 매일같이 같은 훈련을 반복해서 시켰다. 훈련은 서너 시간 정도 계속되었다. 카슈탄카는 훈련을 구경하는 재미와 맛있는 음식 때문에 낮 시간은 즐거웠지만 저녁이면 따분했다. 새 주인은 저녁이면 거위와 고양이를 데리고 어딘가로 가 버렸다. 혼자가 되면 카슈탄카는 방석 위에 누워 우울한 기분에 잠겼다. 카슈탄카는 아교풀, 바니시, 대팻밥 냄새를 그리워하며 잠을 청했다.

그렇게 한 달이 지났다. 비쩍 말라 뼈만 앙상했던 카슈탄카가 토실토실 살이 올라 사랑스러운 개로 변하자 어느 날 새 주인은 카슈탄카를 쓰다듬으며 말했다.

"아줌마, 이제 그만 빈둥거리고 일을 시작해야지? 내

가 아줌마를 훌륭한 배우로 만들어 주겠어."

새 주인은 아줌마에게 다양한 훈련을 가르쳤다. 첫날 뒷발로 서서 걸어 다니는 법을 배운 아줌마는 다음 날부터는 뒷다리로 높이 뛰어올라 주인이 들고 있는 각설탕을 잡는 법을 배웠다. 그다음 수업에서는 러시아 민속춤을 추고, 음악에 맞춰 짖고, 종을 울리고, 총을 쏘는 법을 배웠다. 한 달 뒤에는 이집트 피라미드에서 거위를 대신할 정도로 잘할 수 있게 되었다. 아줌마는 열심히 배웠고, 스스로도 자신의 재주에 만족했다. 주인 역시 기쁨에 차서 손을 비벼 대며 말했다.

"잘한다! 아주 잘해! 넌 뛰어난 재능을 타고났어. 아줌마는 크게 성공할 거야."

어느 날 밤 빗자루를 든 문지기가 자신을 쫓아오는 꿈을 꾼 아줌마는 깜짝 놀라 잠에서 깼다. 조용한 방 안은 어두컴컴하고 답답했다. 아줌마는 빨리 잠들기 위해 눈을 감았다. 경험을 통해 빨리 잠들수록 아침이 일찍 온다는 사실을 알고 있었다. 그때 이상한 비명이 들렸다. 거위의 비명이었다. 아줌마는 벌떡 일어났다.

"크르르르…."

기괴하고 날카로운 소리가 이어졌다. 맛있는 뼈를 몇 개 뜯어먹었을 정도의 시간이 흐르자 비명은 더 이상 들리지 않았다. 그때 날카로운 비명이 다시 들렸다.

"꽥! 꽤액!"

잠시 뒤 슬리퍼 소리가 나더니 잠옷 바람에 초를 든 주인이 들어왔다.

"이반 이바니치! 왜 그래? 왜 비명을 지르는 거야? 어디 아픈 거야?"

주인은 거위의 목을 어루만져 주고 등을 쓰다듬으며 말했다. 거위는 날개를 활짝 펴고 눈을 감은 채 누워 있었다.

"이반 이바니치!"

주인이 불렀지만 이반 이바니치는 꼼짝도 하지 않았고 눈도 뜨지 않았다. 주인이 거위에게 접시를 갖다 대며 부리를 물속에 넣어 주었지만 날개만 더 넓게 펼칠 뿐 접시에 머리에 기댄 채 꼼짝도 하지 않았다. 주인은 잠시 말없이 거위를 쳐다보다가 말을 이었다.

"이반 이바니치가 죽었어! 가엾은 이반 이바니치!"

주인의 뺨을 따라 눈물이 반짝이며 흘렀다. 아줌마도 낮은 소리로 구슬프게 울기 시작했다.

"우ㅡ우ㅡ우!"

어느 날 저녁 새 주인이 아줌마에게 말했다.

"오늘은 아줌마가 이집트 피라미드에서 죽은 이반 이바니치 대신 묘기를 보여 주는 거야. 아직 부족하지만 우리 잘해 보자고 아줌마!"

아줌마와 고양이를 썰매에 태운 주인은 삼면이 유리로 되어 있는 큰 건물 앞에 멈춰 섰다. 불빛으로 휘황찬란한 건물 안으로 사람들이 계속해서 몰려 들어갔다. 주인은 아줌마와 고양이를 데리고 거울이 달린 작은 책상과 등

받이가 없는 걸상들이 있는 방 안으로 들어갔다. 긴장이 되는지 손을 비비던 주인은 옷을 벗었다. 이어 꼬불꼬불한 가발을 쓴 뒤 뭔가 하얀 것을 얼굴에 두껍게 칠을 했다. 이어 눈썹과 수염을 짙게 그리고 볼연지를 빨갛게 그렸다. 목까지 하얗게 칠한 주인은 이상한 옷을 입기 시작했다. 커다란 꽃무늬에 엄청나게 통이 넓은 바지를 입고 알록달록한 양말에 초록색 구두를 신었다. 그런 주인의 모습이 카슈탄카에게는 기괴하게 보였다.

"조지 씨 나오세요!"

누군가 문 앞에서 외치자 주인은 고양이를 트렁크에 넣은 뒤 아줌마까지 트렁크에 넣었다. 아줌마는 고양이를 짓밟고 트렁크를 박박 긁었다. 공포 때문에 짖을 수도 없었다. 트렁크는 파도처럼 출렁거리며 흔들렸다.

"자! 제가 왔습니다, 조지가 왔어요!"

새 주인이 무대로 나가며 크게 소리치자 우렁찬 함성이 들렸다.

"존경하는 관객 여러분! 저는 지금 막 역에서 오는 길입니다. 할머니가 돌아가셨는데 막대한 유산을 물려주셨습니다. 이 트렁크가 무거운 걸 보면 금일까요? 아니면 돈다발일까요? 자, 트렁크 안에 뭐가 들었는지 한 번 열어 볼까요?"

트렁크가 덜커덕 하고 열리자마자 아줌마가 펄쩍 뛰쳐나왔다. 강렬한 빛 때문에 눈을 뜨기가 힘들었고 환호성에 귀가 먹먹했다. 아줌마는 이리저리 뛰어다니며 컹컹 짖어 댔다.

"자, 아줌마. 나랑 같이 노래를 부르고 춤을 춥시다. 알았죠?"

주인은 주머니에서 피리를 꺼내 불기 시작했다. 아줌마는 훈련을 한 대로 풀쩍 뛰어올라 의자에 앉았다. 수많은 낯선 사람들과 그들이 내지르는 환호성에 불안해진 아줌마는 고개를 쳐들고 울부짖기 시작했다. 여기저기서 환성과 박수 소리가 들려왔다.

주인이 고개를 깊이 숙여 인사를 하고 조용해졌을 때 피리를 다시 불기 시작했다. 그때 관람석 위쪽 어딘가에서 누군가 소리쳤다.

"아빠, 우리 카슈탄카 같아요!"

"정말 카슈탄카네. 세상에 이럴 수가! 갑자기 사라진 녀석이 여기 있다니!"

술이 취한 듯 걸걸한 목소리가 들려왔다.

아줌마는 소리가 나는 곳을 바라보았다. 머리숱이 많은 한 사람은 술에 취해 싱글거리고 있었고, 또 한 사람은 포동포동하고 발그레한 뺨에 놀란 얼굴이었다.

'페듀시카다! 페듀시카!'

의자에서 뛰어내린 카슈탄카는 기쁨에 차 컹컹 짖으며 그들에게로 달려갔다. 고막이 터질 듯한 환성과 휘파람 소리 사이로 아이의 목소리가 들려왔다.

"카슈탄카! 카슈탄카!"

무대를 가로질러 달려 나간 카슈탄카는 누군가의 어깨를 뛰어넘으며 특별석에까지 왔다. 위층으로 가기 위해서는 높은 벽을 뛰어넘어야 했다. 있는 힘을 다해 몸을 날렸으나 실패한 카슈탄카는 벽을 따라 주르르 미끄러졌다. 그러자 누군가가 카슈탄카를 번쩍 들어 올려 주었다. 관객의 손에서 손으로 옮겨지며 높이높이 올라간 카슈탄카는 마침내 위쪽 관람석에 앉아 있는 페듀시카의 품에 안겼다.

30분 뒤 카슈탄카는 아교풀과 바니시 냄새를 풍기는 옛 주인을 따라 거리를 걸었다. 루카는 시궁창에 빠지지 않으려고 시궁창에서 멀리 떨어져 비틀거리며 중얼거렸다.

"그런데 너 카슈탄카! 네가 만약 인간이더라도 어쨌든 너는 죄 많은 목수일 뿐이라는 걸 알아야 해."

카슈탄카는 술에 취해 횡설수설하는 주인 루카와 아버지가 물려준 테 없는 모자를 쓴 페듀시카의 뒷모습을 바라보았다. 마치 자신이 오래전부터 그들 뒤를 따라 걸어가고 있던 것처럼 여겨졌고, 삶이 단 한순간도 자신을 버리지 않은 것 같았다.

카슈탄카는 순간 더러운 벽지가 발라진 방, 거위와 고양이, 맛있는 음식과 훈련, 그리고 서커스를 떠올렸다. 하지만 그 모든 것이 마치 복잡하게 얽히고설킨 기나긴 꿈처럼 여겨졌다.

우리가 선택한 가족, 반려동물

길을 잃고 함박눈이 펑펑 쏟아지는 거리를 헤매다 새 주인을 만난 카슈탄카는 배불리 먹고 따뜻한 잠자리에서 잠을 자면서도 늘 옛 주인집을 그리워해. 옛 주인에게서는 그리 사랑 받지 못했고, 폐듀시카에게는 눈앞이 노래질 정도로 괴롭힘을 당했는데도 말이야. 서커스 무대에서 첫 공연을 선보이던 중 꿈에서도 그리워하던 폐듀시카의 목소리를 들은 카슈탄카는 주저하지 않고 무대에서 뛰어 내려와 옛 주인의 품에 안기지.

카슈탄카는 왜 인정 많은 새 주인을 떠나 옛 주인에게 돌아갔을까? 맛있는 음식과 따뜻한 잠자리를 마다하고 말이야. 카슈탄카는 배불리 먹지 못하고 괴롭힘을 당하더라도 사랑과 정을 나누며 맺은 인연을 잊을 수 없었던 거야. 동물인 개도 한 번 맺은 인연을 소중하게 생각하는데 인간에게 버려진 동물들은 자신을 버린 인간들을 어떻게 생각할까?

강아지나 고양이가 귀엽다고 인형처럼 생각해서 키우다 싫증나서, 외로움을 달래려고 키우다 귀찮아서 몰래 내다버리는 사람들이 많아 사회 문제가 되고 있어. 버려진 동물은 길거리를 떠돌아빠　반려동물은 우리처럼 생명을 가진 존재이고, 우리보다 약자이니까 보호해 주지 않으면 안 된단다.

다 사고를 당해 죽거나 다행히 목숨을 건져도 장애를 얻지. 제대로 먹지 못해 병에 걸려 죽기도 하고. 누군가에게 구조돼 유기동물보호소에 가더라도 행복이 보장되는 건 아니야. 10일 안에 새 주인에게 입양되지 않으면 안락사를 당하기 때문이지.

반려동물을 입양하기 전에 반드시 알아 둬야 할 게 있어. 소중한 생명을 기른다는 것은 애정보다 책임을 더 요구하는 일이라는 거야. 그리고 개는 10년 이상, 고양이는 15년을 넘게 사는 동물이라는 거야. 그러니까 반려동물을 입양하기 전에 책임을 지고 기를 수 있는지 신중하게 판단해야 해. 우리처럼 생명을 가진 존재이고, 우리보다 약자이니까 보호해 주지 않으면 안 되는 반려동물을 키우다 버리면 반려동물을 불행하게 만들고, 살아 있는 생명을 무책임하게 버렸다는 죄책감에 본인도 상처를 받게 돼.

반려동물은 우리가 선택한 가족이야. 말을 안 듣는다고, 귀찮다고, 병에 걸렸다고 가족을 버리진 않잖아? 반려동물과 한 번 인연을 맺으면 카슈탄카처럼 인연을 소중히 여기고 끝까지 책임을 져야 한단다.

〈의자 고치는 여인〉

기 드 모파상 Guy de Maupassant, 1850~1893

프랑스 소설가. 간결한 문체와 정확한 표현, 완벽한 구성으로 안톤 체호프, 에드거 앨런 포와 함께 세계 최고의 단편소설 작가로 꼽힌다. 〈목걸이〉, 〈비곗덩어리〉를 비롯하여 약 300편의 단편소설과 시집, 희곡 등을 발표한 모파상은 《여자의 일생》, 《벨아미》, 《피에르와 장》 등의 장편소설로도 유명하다. 《여자의 일생》은 프랑스 사실주의 문학이 낳은 걸작으로 평가받는다.

〈미녀일까, 호랑이일까〉

프랭크 스톡톤 Frank Stockton, 1834~1902

미국의 소설가. 기발할 정도로 환상적인 이야기를 지은 스톡톤은 초기에는 〈딸랑딸랑 이야기〉 같은 동화를 썼으며, 청소년 소설을 계속 발표했다. 대표작으로 〈미녀일까, 호랑이일까〉를 비롯해 〈포모나 여행기〉, 〈연해에 나타난 해적들〉 등이 있다.

〈사랑의 약속〉

슐라미스 이시 키쇼르 Sulamith Ish-Kishor, 1896~1977

미국 소설가. 아동과 성인, 픽션과 논픽션을 가리지 않고 다양한 글을 썼다. 대표작 〈사랑의 약속〉은 2001년 〈책과 장미〉라는 단편영화로 만들어지기도 했다. 1969년 발표한 〈우리 에디〉는 1970년 아동문학의 노벨상으로 일컬어지는 뉴베리 아너 북스에 선정되었다.

〈별〉, 〈거울〉

알퐁스 도데 Alphonse Daudet, 1840~1897

프랑스의 소설가이자 극작가. 대표작 〈별〉을 비롯해 〈마지막 수업〉 등 서정성 짙고 아름다운 이야기로 이름보다 작품으로 기억되는 작가이다. 불행한 사람들에 대한 연민과 고향 프로방스 지방에 대한 애착심을 주제로 하여 인상주의적인 매력 있는 작품을 많이 발표했다.

〈탄생마크〉

너새니얼 호손 Nathaniel Hawthorne, 1804~1864

미국의 소설가. 교훈적이며 상징주의적인 면이 강한 작품을 많이 발표한 그는 미국 문학의 전통을 꽃피운 작가로 꼽힌다. 소설가로서 명성을 떨친 대표작 《주홍글씨》는 청교도의 엄격함을 교묘하게 묘사하고 죄인의 심리 추구, 긴밀한 세부 구성, 정교한 상징주의로 19세기 미국을 대표하는 작품으로 알려져 있다.

〈크리스마스 선물〉, 〈사랑의 묘약〉

오 헨리 O. Henry, 1862~1910

미국 단편소설 작가. 본명은 윌리엄 시드니 포터. 따뜻한 휴머니즘이 감동적인 〈마지막 잎새〉를 비롯해 300편에 가까운 단편소설을 썼다. 서민의 일상을 경쾌한 유머와 생생한 대사로 담아낸 작가로 유명하다. 결말의 반전이 절묘한 '트위스트 엔딩' 수법은 그의 문학에서 독특한 위치를 차지하며 '오 헨리식 결말'이란 이름이 붙었다.

〈밀회〉

이반 투르게네프 Ivan Turgenev, 1818~1883

러시아 소설가. 인간 내면의 모순까지 애정 어린 시선으로 담아내 톨스토이, 도스토옙스키와 함께 러시아 3대 문호로 꼽힌다. 대표작으로 소년의 비정상적인 첫사랑을 묘사한 《첫사랑》, 아버지와 아들의 사상적 대립을 묘사한 《아버지와 아들》 등이 있다.

〈차가운 포옹〉

메리 엘리자베스 브래든 Mary Elizabeth Braddon, 1835~1915

영국 소설가. 1862년 발표한 장편소설 《오드리 부인의 비밀》은 그녀의 대표작이자 큰 인기를 얻은 작품이다. 단편소설로는 고딕소설의 걸작으로 꼽히는 〈차가운 포옹〉을 비롯해 〈이블린의 방

문〉, 〈덕망 있는 듀케인 부인〉 등이 있다. 고딕소설은 18세기 중엽부터 19세기 초기에 걸쳐 영국에서 유행한 소설 양식의 하나로 중세의 고딕식 고성 등을 배경으로 공포·수수께끼·괴기를 주제로 한 것을 말한다.

〈눈보라〉

알렉산드르 푸시킨 Aleksandr Pushkin, 1799~1837

러시아의 시인이자 소설가. 러시아 근대 문학의 기초를 닦은 작가이자 대표적인 낭만주의 시인으로 평가받으며 오늘날 러시아에서는 국민 시인으로 칭송받는다. 대표작으로 《대위의 딸》과 러시아 문학사상 최초의 리얼리즘 작품인 《예브게니 오네긴》을 비롯해 단편소설집 《벨킨 이야기》 등이 있다. 〈눈보라〉는 《벨킨 이야기》에 실려 있다.

〈시멘트 포대 속의 편지〉

하야마 요시키 葉山嘉樹, 1894~1945

일본 소설가. 일본 프롤레타리아 문학의 주요 작가로 손꼽힌다. 대표작으로 일본 프롤레타리아 문학의 걸작으로 손꼽히는 〈시멘트 포대 속의 편지〉를 비롯해 〈바다에 사는 사람들〉 등이 있다. 젊은 시절 선원으로 근무했던 작가의 경험이 생생하게 녹아 있는 〈바다에 사는 사람들〉은 가혹한 노동에 시달리는 노동자들이 자

본가의 압제에 반발하며 계급의식에 눈을 뜨는 과정을 그린 작품
이다.

⟨B사감과 러브레터⟩

현진건 玄鎭健, 1900~1943

소설가이자 언론인. 호는 빙허(憑虛). 일제 강점기 하층민의 암울
한 현실을 날카로운 시선으로 고발해 근대적 사실주의 문학의 머
릿돌을 놓은 작가로 꼽힌다. 대표작으로 장편소설 《무영탑》과 단
편소설 ⟨빈처⟩, ⟨운수 좋은 날⟩ 등이 있다. ⟨동아일보⟩에 근무할
당시인 1936년 베를린올림픽 마라톤 경기에서 금메달을 딴 손기
정 선수의 사진에서 일장기를 지워 버린 역사적인 '일장기말소사
건'의 주인공이기도 하다.

⟨가든파티⟩

캐서린 맨스필드 Kathleen Mansfield, 1888~1923

영국 소설가. 남성에게 버림받은 고독한 여성을 주인공으로 한
《독일의 하숙에서》로 특이한 감성과 섬세한 스타일의 작가로서
주목을 받기 시작했다. 대표작 ⟨가든파티⟩로 세계적인 작가로서
의 명성을 얻었으나 폐결핵이 악화되어 35세의 이른 나이에 세상
을 떠났다.

〈눈먼 딸과 어머니〉

에드워드 골드 세이더

〈눈먼 딸과 어머니〉는 헤어진 사람들을 만나게 해 주는 직업을 갖고 있던 에드워드 골드 세이더라는 사람이 자신이 체험한 감동적인 사연을 잡지에 실어 알려진 이야기이다.

〈카슈탄카〉

안톤 체호프 Anton Chekhov, 1860~1904

러시아의 소설가이자 극작가. 러시아 단편 문학의 천재로 꼽히며 현대 단편소설의 형식을 확립하는 데 결정적인 역할을 한 작가로 알려져 있다. 담담한 필체로 인간의 속물성을 비판하고 휴머니즘을 추구하는 단편소설을 주로 썼다. 대표작으로 단편소설 〈귀여운 여인〉과 〈개를 데리고 다니는 여인〉, 희곡으로 〈벚꽃 동산〉, 〈세 자매〉, 〈갈매기〉 등이 있다.

사랑학 수업

지은이 | 알퐁스 도데 외
엮은이 | 유혜영
그린이 | 정마린

발행처 | 시간과공간사
발행인 | 최석두

신고번호 | 제2015-000085
신고연월일 | 2009년 12월 01일

초판 1쇄 인쇄 | 2017년 04월 14일
초판 1쇄 발행 | 2017년 04월 21일

우편번호 | 10594
주소 | 경기도 고양시 덕양구 통일로 140(동산동 376) 삼송테크노밸리 A동 351호
전화번호 | (02)3272-4546(代)
팩스번호 | (02)3272-4549
이메일 | pyongdan@daum.net

ISBN 978-89-7142-988-4 03800

값 · 14,000원

ⓒ유혜영, 2017, Printed in Korea

이 도서의 국립중앙도서관 출판시 도서목록(CIP)은 서지정보유통지원시스템 홈페이지
(http://seoji.nl.go.kr)와 국가자료 공동목록시스템(http://www.nl.go.kr/kolisnet)에서
이용하실 수 있습니다.(CIP제어번호:CIP2017008445)